서른이면
(　　　　　　　　　)
뭐라도
될 줄 알았지

서른이면
(　　　　　　　　)
뭐라도 될 줄 알았지

정보영 지음

모요사

차례

프롤로그

서른의 우리에게

내게 서른은 까마득한 것이었다. 어릴 때 서른의 형 누나를 보면, 그들은 감히 범접할 수 없는 어른이었다. 그땐 내가 서른이 되리라고는 생각지 못했다. 스무 살 때 서른에 대해 얼핏 생각해봤다. 스물다섯 살 때는 좀 더 진지하게 고민했다.

서른이면 뭐라도 될 줄 알았다. 그리고 이제 정말 서른이 된 나는 뭐가 된 걸까? 나름대로 뭘 하긴 했는데, 뭐가 됐다고 하기엔 애매한 서른이 되었다.

요즘 나는 종종 공벌레 생각이 난다. 공벌레를 만지면, 녀석은 위협으로부터 자신을 지키기 위해 비비탄 총알만 한 작은 모양이 된다. 어릴 적 나는 공벌레의 필사적인 생존에는 관심이 없었다. 책상에 공벌레를 올려놓고 손가락으로 툭툭 튕기면서 놀았다.

그랬는데, 서른의 나는 그 공벌레가 된 것 같다. 살기 위해서 웅크린 채 이리 치이고 저리 치이다가 얼결에 서른이 되었다. 서른이 되고 보니 마음속에 자리한 '나'라는 사람은 참 작아져 있었다. 지금도 점점 작아지고 있는 것 같다.(살은 점점 찌기만 하고!)

그럼 나는 서른에 뭐가 될 줄 알았던 걸까? 뭐가 되고 싶었던 걸까? 직업으로는 전업 작가가 되고 싶었다. 서른 중반쯤에는 베스트셀러 작가가 될 줄 알았다.(어디서 생긴 자신감인지.) 좋은 글을 쓰는 작가가 되어서 이왕이면 돈도 많이 벌고 싶었다. 좋은 차도 타고 이층집을 지어서 살고 싶었다.

어찌어찌 서른이 된 나는 아무것도 이룬 게 없는 것만 같다. 초조하다. 남들과 나를 밑도 끝도 없이 비교하기도 하고, 잠을 뒤척이며 불안의 끝까지 가보면 그동안 무얼 해온 건지 현실의 '나'가 초라해지기도 한다. 가슴에 손을 얹고 생각해본다. 나는 정말 작가가 되고 싶은 걸까?

1. 베스트셀러 작가는 아니더라도 어쨌든 내 꿈인 글쓰기의 삶.
2. 꿈을 떠나서, 어쨌든 돈 좀 벌고 작은 내 집이 있고 차(중형차 정도?)가 있는 삶.

둘 중에 뭘 택할지 묻는다면, 이제는 2번을 외면하기 어렵다. 작가도 작가지만, 사실 나는 돈 많이 벌고 사람들에게 인정받으면 그만이었던 게 아닐까. 작가는 단지 이런 욕망을 실현하기 위한 수단에 불과한 게 아니었을까.

근데 또 2번은 사회가 만든 모습, 남들이 원하는 모습을 내가 원하는 것인 양 착각하고 있는 게 아닐까. 마음속에서 큰 현수막만 한 검은 물음표가 펄럭인다. 솔직해질 필요가 있다. 꿈과 현실의 괴리. 나는 작가라는 명예와 돈이라는 경제력을 동시에 쥐고 싶었다.(그랬으면 좋으련만!)

이런 고민은 서른을 목전에 둔 스물아홉 살 가을 무렵부터 이어졌는데, 내가 진짜 하고 싶고 원하는 게 무엇인지 헷갈렸다. 사회적 성공도 물론 중요하지만 정말로 내가 하고 싶은 것이 무얼까? 그러던 중 큰 벽을 만났다. 백만 명 중에 3.9명꼴로 걸린다는 '말단비대증'이란 희귀병에 걸린 것이다. 나는 공벌레처럼 웅크린 채 정신없이 굴러가다가 죽음이라는 벽에 부딪혔다.

잠들기 전에 누워서 오늘 하루 무얼 했는지 떠올려보듯, 누구나 한 번쯤 인생을 돌아볼 때가 있다. 스물아홉 겨울의 나는 어딘지도 모르는 지도 위에 있었고, GPS 점처럼 작아져 금방 사라져버릴 것만 같았다. 당연하기만 한 내일이었는데, 갑자기 내일이 없다니 캄캄했다. 사랑하는 가족과 친구들을 볼 수 없고, 그들과 함께 맛있는 걸 먹을 수도 없다니…. 아무것도 아니었던 일상이 양각된 조각처럼 도드라져 보였다.

나는 병실에 누워 홀로 서른이 되었다.

서른이라는 앞 숫자의 변화는 내게 십 대와 이십 대 때를 기억하고 돌아보게 했다. 우리는 기억할 수 있기 때문에 2차원이 아닌 3차원을 인식할 수 있다고 한다. 그러니까 내가 나를 기억한다는 것은 내가 평면적인 사람이 아님을 확인하는 것이다. 기억은 나를 입체적으로 느낄 수 있는 독특한 감각이며, 기억을 통해 나는 내가 살아 있음을 생생하게 인지한다.

기억 속 거기에 나는 분명 살아 있다. 그런 무수한 나를 기억하다 보면 지금 현재, 여기까지 내가 정말 살아 있음을 감지할 수 있게 된다.

처음으로 나를 찬찬히 돌아보았다. 어둠 속에 나를 풀어놓은 채 하나씩 하나씩 나를 기억했다. 나의 유년부터 시작하여 일상다반사를 써내려갔다. 고등학교 시절, 첫사랑의 기억, 대학 시절을 지나며, 어질러진 방을 정리하듯 나를 정리해갔다.

그렇게 나는 꾹꾹 눌러쓴 한 권의 책으로 기록되었다.

이 책은 나의 기록이기도 하지만, 서른을 코앞에 두었거나 서른이 된 그리고 서른을 갓 넘긴 당신의 기록이기도 하다. 한 시절을 지나온 당신의 기록이기도 하다. 뭐가 돼야만 한다는 것 이전에, 당신이 살아 있음을 진정으로 느낄 수 있으면 좋겠다. 멀리 있어도 가까이에 있는 듯한 느낌 속에서 우리 함께, 살아갈 수 있기를 바란다.

(1부)

일상다반사

잃어버린 게 아니야

이상한 일이다. 없다.

'가방 안에 넣어뒀던 것 같은데?'

개표구 앞에서 가방 안을 뒤적거렸다. 지갑 없이 카드만 들고 다니는 게 편해진 요즘, 외출 시 중요한 게 두 가지 있다. 핸드폰이랑 카드다. 근데 아무리 찾아봐도 카드가 안 보였다.

'어쩌지?'

집에 갔다 오면 약속 시간에 늦을 게 뻔했다. 열차가 역에 들어오는 소리가 들려왔다. 귀신이 곡할 노릇이다.

결국 지하철을 놓쳤다.

아, 어쩔 수 없이 다시 집으로 돌아가야 하나…. 나는 개표구를 빠져나오는 사람들을 보며 마지막으로 주머니를 뒤적였다. 헌데, 웬걸? 딱딱한 뭔가가 느껴졌다. 한참을 찾던 카드가 오른쪽 뒷주머니에 있다.

개표구에 카드를 찍었다. 삑 소리와 함께 가볍게 통과했다. 지하철을 타고 약속 장소로 향하면서 카드를 만지작거렸다. 아까 분명히 주머니도 찾아봤다. 근데 왜 몰랐을까?

그런 때가 있다. 사소하지만 필요한 카드처럼, 결정적인 순간에 안 보일 때가 있다. 항상 익숙한 곳에 있었는데, 어디다 뒀더라? 그런 때가 가끔 있다. 십자드라이버가 스카치테이프가 USB가 어디에 있더라?

서랍 구석구석을 뒤진다. 안 보인다. 모르겠다. 어질러진 서랍을 멍하니 바라본다. 어이없는 웃음이 나오는 건 이때다. 찾기를 반쯤 포기했을 때, 찾던 것이 그제야 보인다. 등잔 밑이 어둡다고, 찾는 물건을 코앞에 두고도 몰랐다.

물건뿐만 아니다. 하루도 그렇다. 하루는 당연해서, 너무나 당연해서 한 번도 제대로 생각해본 적이 없다. 해가 떠서 지기까지의 시간을, 우리는 하루라고 부른다. 그런데 생각해보면… 하루가 어디에 있는지 모르겠다.

뜬금없는 소리일 수도 있겠지만, 정말이다. 하루는 과연 어디에 있나? 있기는 한 건가? 내가 하루를 느끼는 건 집에 돌아갈 때다. 일을 마치고 털레털레 집으로 돌아갈 때, 불이 켜진 가로등을 보며 느낀다.

'하루가 또 이렇게 지났구나. 하….'

집에 도착해 혼자 캔 맥주를 홀짝이다가, 누워서 유튜브 영상을 보다가, 알람을 맞춰놓고 잠에 든다. 그리고 알람 소리와 함께 하루가 시작된다. 후다닥 나갈 준비를 한다. 왜인지 모르겠지만, 정신이 없다. 하루는 나보다 한 걸음 앞서 걷고 있는 것만 같다. 정말로 한치 앞도 모르겠는 나는 하루를 정신없이 따라간다. 이쯤 되면 하루가 좀 얄밉기까지 하다. 사실 누가 강요한 적도 없는데, 매번 그렇게 하루를 따라가는 일은 반복되었고, 그렇게 나는 서른이 되었고, 지금 여기까지 왔다.

잠깐 사이 금방 또 지하철이 왔고, 열차 문이 열리고 닫혔다. 지하철은 어김없이 다음 역을 향해 달리기 시작했다. 캄캄

한 지하 터널을 지나는 동안 나는 좀 울적해졌는데, 그 어둠이 내 마음 같았기 때문이다.

그 순간이었다. 지하철은 지상으로 올라왔고, 따사로운 빛이 뻗쳤다. 창밖의 풍경을 보았다. 전에는 아무렇지 않은 풍경이었는데, 생경했다. 그리고 나는 찾기로 했다. 내 잃어버린 하루, 아니 잃어버렸다고 생각한 나의 하루를 찾아보기로 했다.

어른이 되기엔 아직 글러 먹은 서른

어른이 된다는 건 뭘까. 지금 나는 어른인 걸까. 학생일 때 어른들을 보면 그들은 참 먼 존재였다. 내가 그들의 나이가 되리라고는 생각지도 못했다. 어느새 나는 어른이 되었다. 근데 나는 그대로인 것만 같고, 그냥 나이만 먹은 것 같다. 진짜로 나는 어른이 된 걸까?

"내가 소주 마실 때 그 친구는 양주를 마시더라고."

중학교 때 젊은 수학 선생님이 수업 중에 했던 말이다. 부임한 지 얼마 안 된 그는 고개를 절레절레 흔들며 말을 이었다.

"이왕이면 소주 말고 양주를 마셔야 하지 않겠냐?"

그의 말을 들은 반 아이들은 뜻 모를 어떤 결의에 차 있었다. 술 한번 제대로 마셔보지도 않았으면서. 나 역시 잠깐의 정적 속에서 결심했다. '그래 좋았어! 열심히 하는 거야!' 이 다짐은 아마도 공부였을 텐데, 그사이 종이 울렸다. 아이들은 왁자지껄해졌고 나의 결의도 금세 사라져버렸다. 시간이 흐를수록 나는 공부가 어려워졌고 공부와는 담을 쌓아갔다. 처참한 시험 성적 앞에서 수학 선생님의 말이 떠오르곤 했다.

왜 자꾸 그의 말이 떠올랐을까. 그의 말에 따르면 공부는 곧 돈과 연결되었고, 돈은 곧 성공을 뜻했다. '공부를 잘해서 좋은 대학 가고 대기업에 취직하고 돈을 잘 벌게 되고 남들 소주 마실 때 양주를 마시면 성공한 사람이다!'라고 젊은 수학 선생님은 가르친 것이다. 물론 공부 잘해서 돈 잘 버는 게 뭐가 문제냐고 할 수 있다. 공부 잘하는 게 안 좋은 건 아니니까. 맞다. 문제 될 거 없다. 그러나 서른이 된 나는 그때 그의 말이 좀 폭력적이었다고 생각하게 되었다.

공부 잘해서 돈 잘 벌어서 양주 마시면 그만인 건데, 젊은 수학 선생님은 은연중 우리에게 사회적 성공을 내면화시킨 것이다. '됐고, 공부 잘해서 돈 벌어. 그럼 성공한 거야.' 중2병에 제대로 걸린 남자아이들은 모두 그것이 최고라 인식했고, 그것이 옳은 방향이라고 생각했다. 그런데 놓친 게 있다.

사회적 성공을 향한 미친 듯한 질주 뒤에, '나'란 사람은 없어지게 된다. 그렇게 하루에게 끌려다니게 되는 것이다. 돈을 많이 벌어서 양주를 마신다 치자. 어느 순간 '나'는 혼란스럽다. 사회가 원하는 모습만 좇았기에, 그것만 따를 줄 알았기에, 양주를 마시면서 '나'는 이제 뭘 더 해야 할지 종잡을 수 없어 공중에 한 뼘쯤 떠 있는 듯한 기분에 휩싸이게 된다. 사회적 성공은 했을지언정 진정한 '나'의 성공은 없다.

아, 물론 늘 기로다. 돈이 많으면 좋겠다. 근데 글을 쓰고 싶은 나는 양주 먹기는 글렀다. 최소한의 경제적 삶을 이어가기 위해서는 일을 할 수밖에 없는데, 문제는 여기서부터다. 나는 주로 대입을 앞둔 고3 학생들을 가르친다. 학생들은 수시가 가까워질수록 극도로 예민해진다. '하기 싫어요', '이걸 왜 해야 하죠?', '대학에서 뭘 해야 할지 모르겠어요' 등등 애들의 불만이 쏟아진다. 그런 학생들에게 말을 안 할 수 없는데, 나도 젊은 수학 선생님과 다르지 않음을 깨닫게 된다.

"조금만 참자."

어쩌면 젊은 수학 선생님보다 더 무책임한 말이기도 하다. 적극적으로 그들을 위로하고 응원하기보다 그들의 삶에서 쓱 한 발 뒤로 물러서서 말하고 있으니까. 조금만 참자라는 말의 이면에는 '그냥 닥치고 해'라는 나이 많은 자의 명령이 섞여 있는 것 같아서, 부끄럽다.

국어사전에 '어른'을 검색해보면 뜻이 세 가지로 정의되어 있다.

어른

1. 다 자란 사람. 또는 다 자라서 자기 일에 책임을 질 수 있는 사람.
2. 나이나 지위나 항렬이 높은 윗사람.
3. 결혼을 한 사람.

다 자란 사람? 뭐가 다 자랐다는 건지 모르겠다. 자기 일에 책임을 질 수 있는 사람? 학생들이 울고 있는 와중에도 한 걸음 뒤로 물러나는 나다. 그럼 나이나 지위나 항렬이 높은 윗사람? 나는 지위가 없고 언제나 고여 있는 상태 같다. 더구나 윗사람은… 음, 전 지구적으로 보자면 나보다 훨씬 많다. 마지막으로, 결혼을 한 사람이 어른이라고? 젠장, 나는 영영 어른이 못 될 듯싶다.

어른이라는 단어를 떠올리면 월리를 찾는 것처럼 헤매게 된다. '어른을 찾아라!' 어른은 어디에 있는 거지? 그래도 어른에 가까운지 아닌지 자가 진단은 해볼 수 있다. 살아가면서 누구나 한 번쯤 이런 생각을 해본 적이 있을 것이다. '이건 좀 아닌 것 같은데?' 각기 상황은 달라도 어떤 부조리함 앞에서 멈칫하게 되는 순간이 있다.(특히 상사 앞에서.) 이때 '나'의 행동을 돌아보면 내가 어른인지 아닌지에 대한 힌트가 있다. '좀 아닌 것 같은데, 선 넘네?'라며 속으로 갸우뚱하게 되는 순간, 진짜 좀 아닌 것 같은 그것에 대해 내가 어떻게 행동하느냐 하는 것이다. 스스로 생각하기에 옳다고 생각한 방향으로 나아가기 위해 행동했느냐 안 했느냐를 따져보면 된다.

이건 좀 아닌 것 같은데, 하는 상황을 좌시하지 않고 행동하는 사람을 보고 우리는 종종 어른답다고 말한다. 부끄럽게도 나는 아직 어른이 되지 못했다. 그때 그 젊은 수학 선생님은 지금 양주를 마시고 있을까. 이 세상에 어른은 몇 없는 것 같다.

너 정체가 뭐야

오랜만에 전에 살던 동네에 갔다. 서울 뚝섬. 살았다기보다 버텼다고 해야 맞을 것이다. 초여름의 미지근한 바람을 맞으며 익숙한 골목을 걸었다. 원룸에서 같이 살았던 친구와 함께 감탄을 연발하며 걸었다. 동네는 많이 달라져 있었다. 뚝섬은 서울숲을 중심으로 성수역까지 각광받기 시작한 핫플레이스인지라, 골목엔 아기자기한 카페와 식당이 즐비했다.

"근데 우리 지금 어디 가는 거임?"

우리는 서로를 바라보며 눈을 끔뻑였다. 우리는 자주 가던 카페로 향했다. 루프탑 카페였는데, 옥상에 앉아 나는 주변을 둘러보았다. 묘했다. 뚝섬살이 때의 잔상이 머릿속에 맺혔고, 괜히 싱숭생숭해졌다.

대학원생인 나는 서울에서 아등바등 지내는 동안 여러 가지를 깨달았는데, 그중 하나가 '열심'과 '잘하는 것'에 대한 것이다. 서른 전에는 뿜뿜! 자신감이 가득했다. '열심히' 하면 잘할 수 있고 잘 되리란 막연한 믿음이 있었다.

그러나 누구나 그렇지 않은가? '열심히', '최선'을 다하지 않는 사람은 없다. 그것은 서울이라는 장소의 특수성 때문에도 더 그렇다. 누구나 다 '열심히' 산다. 내가 모르겠는 건 이 때문이다. '열심'과 결국 '잘하는 것'은 냉혹하지만 또 다른 문제다.

열심히 한다고 해서 내가 뭐가 되긴 될까. 지체 높은 사람들이 끼리끼리 해 먹는 불평등의 장벽을 보면서 나는 너무나 허무했다. 의문이 들었다. '열심'보단 차라리 냅다 '잘해야' 한다는 조급함이 생겼다. 어쨌든 '잘해야' 한다. 근데 냉정히 따져보면 나는 잘할 자신이 없다. 내가 잘할 수 있는 것이 과연 무엇일까. 작가 지망생인 나는 계속 글을 써야 할까? 갈피를 잡지 못하고 있다.

"넌 누구냐? 누구냐 넌?"

영화 〈올드보이〉의 저 유명한 대사를, 나는 요즘 자주 떠올린다. 나란 사람은 대체 누구일까. 사실 '나'란 사람의 정체에 대해 자문한다면, 좀 곤란하긴 하다. 여러분은 아시는지 모르겠다. 어디서 왜 어떤 이유로 '내'가 지구에 뚝 떨어진 것인지, 아는 사람이 있을까. 그건 아무도 모른다. 단지 '나'는 태어났다. '나'의 정체를 밝히는 건 우주의 수수께끼를 푸는 일이다. 그러니 질문을 바꿔야 한다.

나의 정체성은 무엇일까. '나'의 정체에 대해 설명할 수는 없어도, 적어도 '나'를 이루는 주변을 살펴보면서 '나'에 대해 가늠해볼 수는 있다. 하나씩 따지다 보면, 사회 속에서 만들어진 '나'를 어렴풋이 발견해볼 수 있다. 예컨대 어떤 사람에 대해, 주변 사람을 보면 그 사람을 알 수 있다고 하지 않나. 나는 내 앞에 멀뚱히 앉아 있는 친구를 바라보며 생각해보았다.

'으음.'

먼저 내가 정말로 좋아하는 게 무엇인지 꼽아보았다.

'첫 번째는 글쓰기. 두 번째는 글쓰기. 세 번째도 글쓰기. 하….'

차가운 아메리카노를 홀라당 마셨다. 머리가 띵했다.

'좋아하는 색깔은? 좋아하는 음식은? 좋아하는 음악은? 좋아하는 계절은….'

사실 내가 자꾸 나에 대해 되묻게 된 결정적인 계기는, 최근 만났던 한 친구의 말 때문이다.

오랜만에 만난 친구와 카페에서 이야기를 나눴다. 소개팅 얘기가 나왔고, 나는 미래에 대한 포부를 솔직하게 아주 적극적으로 밝혔다. 그것은 '최소 생계비만 있어도 괜찮아! 내가 하고 싶은 것(글쓰기)을 할 거야'였는데, 대기업에 다니는 친구 입장에선 시원찮아 보였던 모양이다.

"야야, 최소 생계비만 있으면 충분하다는 애한테 누구를 소개시켜주냐?"

내 말의 요지는 '내가 하고 싶은 걸 할 거야'였는데…. 친구는 그게 중요한 게 아니었나 보다. 친구의 반문에 나는 아무 대꾸도 할 수 없었다. 그의 말이 틀린 건 아니었기 때문이다.

"야, 넌 나에 대해 어떻게 생각하냐?"

한가로이 앉아 있던 친구는 나를 멀뚱히 바라보았다. 표정에서 그의 생각을 읽을 수 있었다. '갑자기 뭔 개소리냐?' 친구는 내게 벌써 더위 먹었냐며 아이스 아메리카노를 건넸다. 나는 정말 그런 건 아닐까 싶었다. 저물녘의 선선한 바람이 옥상을 훑었다.

지하철역으로 향하면서 나는 과거로부터 오늘에 이르기까지를 떠올려보았다. 앞으로 나는 어디로 흘러갈 것이며, 또 어떻게 될까. 알 수 없지만, 나는 '나'에 대한 생각을 곱씹었다. '나'라는 사람에 대하여.

'그럼 내가 좋아하는 거 말고 잘할 수 있는 건 뭘까?'

아이러니하게도 글쓰기다. 나는 작가가 될 것이다. 뚝섬역은 역이 지상에 있어 바깥 풍경을 훤히 볼 수 있었는데, 밤의 뚝섬 풍경은 왠지 더 아련했다. 낯익은 모습은 점점 멀어져갔다. 그렇게 나는 뚝섬을 떠났다. 다시 시작인 것이다.

너 클럽 가봤니?

여느 때와 다름없이 카페로 출근한 나는 귀에 이어폰을 꽂고 노트북을 펼쳤다. '카공족'(카페에서 공부하는 사람)인 내 일상에 낯선 목소리가 불쑥 끼어들어온 건, 옆자리에 두 남자가 앉은 뒤다. 노래 플레이리스트에서 한 곡이 끝나면 다음 곡으로 넘어간다. 그때 잠깐의 정적이 흐른다. 바로 그 타이밍에 목소리가 들려왔다.

"클럽? 야, 그거 별거 없어."

'응? 별거 없다고?' 나는 노래가 나오기 시작하는 이어폰 볼륨을 줄였다. 옆을 힐끗 보았다. 붉은 계열의 체크무늬 남방에 뿔테 안경을 쓴 남자가 카페라테를 마시고 있었다.

"진짜 별거 없어. 그냥 사람들 사이에 껴서 흐느적거리면서 리듬 타는 거야. 리듬."

뿔테 안경의 말에 같이 온 남자가 물었다.

"그래? 우리도 클럽에 갈 수 있을까?"

남색 면바지에 검정색 티셔츠를 입은 남자의 목소리에는 일말의 기대와 걱정이 서려 있었다. '그러게….' 이야기에 나도 공감했기 때문일까. 나는 속으로 답하면서 그들의 대화에 집중하게 되었다.

"이번에 ○○이가 가보고 싶다길래 같이 가보자고 했는데, 아무도 호응을 안 해주네."

뿔테 안경의 말인즉, 친구들끼리의 단톡방에서 클럽을 가보고 싶다는 얘기가 오간 것 같았다. 검정 티셔츠 남자는 할 말이 있는데, 뜸을 들이고 있었다. 그는 김이 오르는 아메리카노 머그잔을 두 손으로 그러쥐고 있었다. 그사이 뿔테 안경이 다시 말을 이었다.

"근데, 문제가 하나 있긴 해."

'무슨 문제일까?' 검정 티셔츠 남자도 나도 두 귀를 쫑긋 세웠다.

"그 알지? 입구 앞에 지키는 사람."

'알지. 가드.' 나는 속으로 그의 말에 답했다.

"가드가 막으면 어쩔 수 없어."

'그렇지. 어쩔 수 없지.' 나는 인터넷 서핑을 하는 척하며 소리 없이 호응했다. 검정 티셔츠 남자는 말없이 아메리카노를 한 모금 머금었다. 그와 나는 화려하게 빛나기 시작하는 해 질 녘의 시내를 보았다.

'가만 있자… 내가 클럽에 마지막으로 간 게 언제였더라?' 4~5년은 된 것 같았다. 클럽 얘기를 시작으로, 둘은 본격적으로 '젊은 친구들'의 놀이 문화에 대해 수다를 떨었다. 대화로 유추해보건대, 둘의 나이는 서른 중반쯤이었다. 그들에게 '젊은 친구들'의 나이는 이십대 초중반을 뜻하는 것이었다. 그들의 대화는 누구보다 진지했는데, 한 번씩 탄식인지 한숨인지 모를 숨소리가 들려오기도 했다. 그것은 젊음을 탐닉하는 서른다섯의 헛헛함과 세월에 대한 무상함에 다름없었다.

'젊음' 세미나가 한창 진행 중인 사이, 나는 친구들과 놀 때 뭘 하고 노는지 떠올려봤다. 술집과 노래방…. 가끔은 피시방도 가서 이젠 민속놀이가 된 스타크래프트를 했다. 사실 이십대 때와 크게 달라진 건 없었다.

'그런데 오늘따라 아메리카노가 유독 쓴 이유는 무엇 때문인가.'

나는 '젊음'에 대해 다시 생각해봤다. 그건… 그땐 그랬지, 라며 돌아볼 수 있는 추억이 있다는 것의 다른 말 아닐까? 그 나이이기 때문에 할 수 있는 게 있다. 예컨대 중·고등학생 때는 어른 놀이를 부러워한다. 나도 그랬다. 빨리 스무 살이 되고 싶었다. 지긋지긋한 공부를 때려치우고 싶었다. 그리고 대학생이 되었을 때, 나는 주체할 수 없는 자유를 만끽했다. 누가 날 좀 통제해줬으면 할 정도로 놀았다.

서른의 나는 그렇지 않다. 자유롭지만, 스물의 자유와 서른의 자유는 다르다. 서른의 자유 속에는 언제 자라났는지 알 수 없는 책임이 있다. 감당할 수 없을 만치의 불안이 내재되어 있다. 스물의 나는 내일이 없어도 상관없었지만, 서른의 나는 내일을 걱정한다. '내일 일 가야 해.' 각자의 '내' 일이 있다. 모두 내일이라는 질병에 시달린다. 그 안에서 우리는 도리어 과거를 그리워하게 된다. '그때가 좋았지'라고 말이다. 그 그리움은 삶이 팍팍해지면 팍팍해질수록 더욱 짙어지는데, '나'의 어느 한 시절에 대한 그리움이 작용하는 순간, '젊음'은 다시 태어난다.

'그때는 참 젊었지.'

돌아갈 수는 없지만 추억할 그때 그 시절이 있다는 것, 그것이 젊음의 다른 말 아닐까 싶다. 여기까지 오면, 감히 나는 예언할 수 있다. 가까운 미래에 우리는 누구나 다 떠올릴 것이다. '그때가 좋았지!'라고 말이다. 그럼 어떻게 보면, 그때가 될 '지금'은 젊음의 시절이라고 할 수 있지 않을까? 언젠가 돌아보게 될 그 시절이 젊음이라면, 지금은 언제나 젊은 시절이다.

돌아보면 다 젊다. 그런즉 지금의 젊음, 이때 이 순간이기 때문에 만끽할 수 있는 것들에 충실하면 되지 않을까. 꼭 클럽이 아니더라도 말이다. 내가 지금 할 수 있는 것을 즐긴다면, 또 시간이 지나서 미래의 '나'는 과거가 되어버린 지금을 추억할 것이다.

'그때가 좋긴 좋았어.'

금세 커피를 다 마신 두 남자는 자리를 떴다. 그들이 사라진 자리에는 또 다른 젊음을 간직한 사람들이 앉았다. 나는 오랜만에 신나는 노래를 틀어보았다. 절로 고개가 까딱이게 되는 노래를 들으면서 창밖을 바라보았다. 두둠칫 두둠칫. 이어폰의 볼륨을 높였다. 두둠칫 두둠칫.

그때라는 글자와 지금이라는 글자

여지없이 알람이 울렸다. 월요일 아침을 알리는 소리를 끄기 위해 더듬더듬 핸드폰을 만졌을 때, 나는 그대로 멈출 수밖에 없었다.

'아, 또 이런다.'

오른쪽 손가락이 움직이지 않았다. 몇 년 전부터 자고 일어나면 손이 퉁퉁 부었고 손가락이 움직이지 않았다. 움직이려 할 때마다 저릿했다. 그 와중에 조교로 일하는 대학원 출근을 재촉하는 알람은 멈추지 않았다. 누운 채로 나는 내 손을 바라봤다. 한 손가락씩 구부렸다 펴보았다.

'검지손가락을 구부린다.'

생각함과 동시에 움직여야 하는데….

'중지손가락을 구부린다.'

손가락은 움직이지 않았다. 그나마 움직이는 왼손으로, 오른 손목부터 팔뚝, 어깨까지 주물렀다.

'이게 다 정말 술 때문이지 않을까.'

술 때문.

이십 대 중반에 나는 친구의 자취방에 잠깐 얹혀살았다. 방은 좁았다. 1톤 트럭 정도의 크기랄까. 서울 봉천동의 그 작은 방에서, 우리는 날이면 날마다 술을 마셨다. 알바를 하던 나는 다음 날 오픈 조인데도 불구하고 새벽 내내 술을 마셨다. 잠시 눈만 붙였다 일어나서 어떻게든 출근해 일했다. 화장실에서 멀건 위액을 토해내면서 일했다. 몸에 전혀 관심이 없었다. 나는 내 몸을 과신했다.

알바가 끝나면 간단히 저녁 끼니를 때우고 가방을 챙겼다. 토익 학원의 저녁 반을 수강했다. 학원 가는 길에 정말 괜찮을까 하는 생각이 들어서 동네 약국에 들렀다. 약사는 푹 쉬면 괜찮아질 거라며 영양제 한 통을 권했다. 나는 저렴한 영양제를 골라서 샀다. 나를 위해 처음 사본 영양제였는데 왠지 기분이 좋았다. 모든 게 좋아질 것만 같았다. 다 잘 될 것만 같았다. 나는 영양제가 든 봉투를 가볍게 흔들면서 간판 불이 환하게 켜진 토익 학원으로 걸음을 옮겼다.

다시 울리는 핸드폰 알람을 껐다.

가만히 천장을 바라본 채 나는 그때라는 글자와 지금이라는 글자를 떠올려보았다. 굳어 있던 손가락이 천천히 움직이기 시작했다.

끝날 때까지 끝난 게 아니야

신촌역에서 내려 병원으로 향했다. 일 때문에도 수시로 왔던 곳인데 참 낯설었다. 그간 나는 신촌에서 꽤 많은 학생들을 가르쳤다. 주로 고등학생이었고, 대부분 3학년이었다. 대입을 준비하는 학생들은 수시 접수가 다가올수록 굉장히 날카로워졌다. 그때마다 그들에게 자주 하던 말이 있다.

"버저비터라고 알아?"

'버저비터'는 농구에서 사용하는 용어다. 경기가 끝났음을 알리는 버저가 울림과 동시에 선수는 공을 던진다. 공은 포물선을 그리며 동그란 림을 향해 날아간다. 경기는 끝났을까?

아니다. 공이 아직 공중에 있다. 경기는 끝나지 않았다. 이를테면 우리 팀이 48대 50의 점수로 지고 있다 치자. 만약 날아가는 공이 골인된다면 어떻게 될까. 51대 50, 역전이다.

사실 버저비터든 뭐든 이러나저러나 학생들은 꼭 한 번은 내 앞에서 눈물을 흘렸는데, 그때마다 나는 나의 고3 시절을 떠올려보지 않을 수 없었다.

나?

펑펑 울기는커녕 신나게 놀았지. 예고에서 글 쓰는 시간 외에는 내내 잤지. 점심을 먹고 다시 잤지. 학교가 끝나면 하숙집 아파트 뒤에 있는 놀이터로 갔지. 왜 맨날 놀이터 정자에 죽치고 있었는지 모르겠지만 아무튼 그랬지. 친구들과 수다를 떨기도 하고, 누워서 잠을 자기도 하고, 놀이터 그네나 시소를 타기도 했지. 저녁 먹을 시간이 되면 하숙집에 가서 밥을 먹었지.

뭘 해도 뭐라고 하는 사람이 없으니, 뭘 해야 할지 몰랐다. 글쓰기를 그렇게 좋아한다고 생각했는데, 노는 것이 더 좋았다. 저녁을 먹고 다시 친구들과 놀이터에 모여서 시시콜콜 수다를 떨었다. 그리고 피시방에 갔다. 밤새 게임을 했다. 동이

틀 무렵 잠을 잤고, 꾸역꾸역 학교에 갔다.

공부와는 거리가 멀던 내가 끝날 때까지 끝난 게 아닌, 버저비터의 힘을 유독 믿게 된 것은 탱자탱자 놀던 때를 지나고 지나서 대학교 3학년 때의 일 때문이다. 군에서 막 전역하고 복학을 했는데 그때 나는 모든 게 잘 될 것만 같았다. 그리고 중요한 건, 뭘 하든 즐거웠다.

그때에 관해서라면 자부할 수 있다. 정말 열심히 공부했다. 나는 놀았던 때를 떠올리면서 책상 앞에 앉아 있었다. 생전 하지도 않던 스터디에도 적극 참여했다. 프로이트 전집을 읽었다. 열다섯 권짜리였는데, 솔직히 무슨 말인지 모르면서 발제했고 어떤 말이든 했다. 부담됐지만 부담 갖지 않기 위해 아무것도 아니라고 생각하고 또 생각했다. 그게 발단이 됐다. 엉덩이 근육을 키우는 데 말이다. 하기 싫어도 끈덕지게 의자에 앉아 있었다. 대학에서 주최하는 시문학상에도 응모했다. 나의 수준이랄까, 그런 걸 확인하고 싶었다.

전화 받았던 때를 기억한다. 그날은 '연세대 윤동주 시문학상' 당선자 발표 날이었다. 공모전에서 수상하게 되면 보통은 발표 전에 미리 연락이 오는데 오지 않았다. 떨어진 줄로만 알고 다음 공모를 기약하며 상에 대해서는 잊고 있었다. 나는 정오까지 자고 있었다. 당선자 발표 당일, 수상을 알리는 전화를 받을 줄은 꿈에도 모른 채 말이다. 전화벨이 울렸고 발신번호를 보았다. 모르는 번호였다.

"정보영 학생 되시죠?"

나는 네네, 대답했다.

"축하드립니다. 제12회 윤동주 시문학상에 당선되셨습니다."

자리에서 확 일어났을 때 감도는 현기증처럼 나는 잠시 멍해졌다. 전화기에서는 말 없는 나를 불렀다. 점점 심장이 빠르게 뛰기 시작했다.

"아, 네, 감사합니다."

애써 태연한 척 대답한 나는 전화를 끊자마자 소리쳤다. 마냥 좋았다. 대학에 와서 처음으로 스스로에게 만족스러웠고, 누군가에게 인정받은 것 같았고, 노력한 만큼의 결실을 맺은 것 같았다. '끝날 때까지 모르는 거구나.' 느려도 천천히 해나간다면 된다는 믿음이 그때부터 생겼다.

그렇다고 내가 고3 학생들에게 더 노력하라며 공부하기를 강요할 수는 없어서 이럴 때 쉬지 언제 쉬냐며 아주 잠깐 자유 시간을 주기도 했다. 그리고 그들에게 나는 함부로 조언할 수도 없으므로, 다만 그들을 다독였고 솔직하게 내 이야기를 털어놨다. 그게 내가 학생들에게 해줄 수 있는 최선이었다.

이런저런 별별 생각 속에서 나는 연세대 앞 횡단보도에 섰다. 그 어느 곳보다 익숙한 신촌인데, 병원으로 가는 길은 익숙하지 않았다. 윤동주 시문학상 시상식 날 가족들과 함께 신촌에서 점심 먹던 때를 떠올리며 나는 파란불을 기다렸다.

'끝날 때까지 끝난 게 아니야.'

학생들에게 해주던 그 말을 떠올리면서.

유목하는 삶

일과를 마치고 늦은 귀가를 할 때, 밀려오는 허기를 어찌할 수 없을 때가 있다. 나는 야식으로 떡볶이를 시켰고, 김이 오르는 떡볶이 앞에서 TV 채널을 돌린다. 뭐라도 틀어놓고 먹는 버릇 때문인데, 얼마간의 소음에 묻혀 밥을 먹으면 마음이 편하다. 혼자 고요한 상태에서 밥을 먹으면 왠지 수련을 하는 것만 같다. 그래서도 부러 노래나 영상을 틀어놓게 된다.

소란스러운 식사.

먹는 일이라는 뜻의 식사는 소란스런 느낌 속에서 먹을 때 즐거움이 더해진다. 예컨대 같은 음식이라도 어디서 먹느냐에 따라서 다르다. 물놀이를 하고 난 뒤 물가에서 먹는 컵라면은 무엇에도 비할 수 없는 맛이다. 전통시장을 돌아다니면서 군것질하다 보면 어느새 배가 빵빵하다. 그때의 맛있는 기억은 늘 어떤 소란 속에서 갖게 된 것이다. 때문에 나는 혼밥을 좋아하면서도 무의식중에 그런 술렁거림을 원하게 된다. 그런 면에서 소란스러운 식사란 게 좀 씁쓸한 말이기도 한데, '혼자'라는 정서적 허기를 달래기 위한 것이기 때문이다.

풍요 속의 빈곤이라고 했던가. 딱히 틀어놓고 싶은 프로그램이 없다. 휙휙 채널을 넘긴다. 영상과 대화를 나누는 건 아니어도, 그것을 보면서 어떤 감정이 일거나 생각을 하게 된다. 그러면 혼자서 맘 편히 소통하는 것 같은 느낌을 갖게 된다.

어느 다큐 채널에 시선이 꽂혔다. 화면에는 몽골의 초원이 펼쳐져 있다. 메마른 초원은 황량하다. 털모자를 쓴 유목민은 말을 타고 양과 소 떼를 끌고 이동하고 있다. 리모컨을 내려놓은 나는 그제야 떡볶이 하나를 집어 먹는다. 쫀득하니 매콤한 떡볶이를 오물오물 씹는다.

"건기가 찾아온 초원에서 유목민들은 풀을 찾아 이동합니다."

내레이션의 침착한 목소리와 동시에 화면에는 어디가 끝인지도 알 수 없는 긴긴 유목 행렬이 이어지고 있다. 눈이 쌓인 고산지대를 지나는 동안 낙오되는 동물도 있고, 더러는 죽음을 맞이한다. 그래도 멈출 수 없다. 유목민은 대열을 정비하며 걸음을 재촉한다. 행렬은 계속된다. 나는 쉴 새 없이 떡볶이를 먹으며 그 행렬을 본다.

유목민은 목적지에 도착한다. 초원의 양과 소 떼는 풀을 뜯고, 유목민들은 집을 짓기 시작한다. 게르라고 불리는 집이 뚝딱 만들어진다. 나는 집이라는 것에 대해 생각해본다. 유목민들은 원형 모양의 게르 안에서 따뜻한 음식을 해 먹고, 그제야 편히 휴식을 취한다. 나는 떡볶이를 씹으며 원룸의 계약 기간이 얼마나 남았는지 셈해본다. 아직 꽤 남았지만 또 다른 원룸으로 이사 가는 상상을 해본다.

몽골의 초원에는 밤이 찾아오고 있다. 까마득한 어둠이 하늘과 초원의 경계를 허문다. 유목민들은 침대에 눕는다. 빛나는 별이 쏟아지는 초원의 밤하늘. 그 아래에서 유목민의 하루가 끝난다. 1부를 마친 다큐는 광고 화면으로 넘어간다. 금세 배가 부른 나는 한가득 남은 떡볶이를 본다. 상을 옆으로 치우고 바닥에 누워 천장을 올려다본다. 형광등 불빛을 바라보며 눈을 깜빡인다.

'유목민은 자고 일어나면 게르를 철거하고 또 풀을 찾아 떠나겠지.'

길을 떠나는 유목민의 모습이 그려진다. 문득 궁금해진다.

'나는 앞으로 어디로 가게 될까.'

갑자기 울적해진 나는 오늘이 며칠인지, 월세 내는 날을 생각해보는데 TV 광고 소리가 들려온다.

"오십 세에서 팔십 세라면, 큰 병을 앓았어도 어떤 약을 먹었어도, 두말 않고 보험 가입을 시켜드립니다!"

서른인 나는 아직 가입할 수 없구나.

"꼼꼼히 대비하려면 무엇보다 보험 보장금이 가장 중요합니다."

그나저나 나는 가입한 보험이 있는 걸까? 엄마한테 물어봐야겠다.

"가입 2년 후 사망 시 사망보험금을 일시금으로 챙겨드리니까 마음이 든든해집니다."

돈 돈 돈. 죽음 이후에도 돈을 생각해야 한다는 게 정말 든

든하다고 할 수 있는 걸까? 사망보험금이 가족들에게 보탬은 되겠지만, 마음이 좀 무겁고 아릿하다. 마음에 퍼런 멍이 든 것 같고 적적해진다.

"지금 전화해보세요."

2년 후 나는 어떻게 되려나? 주먹을 쥐었다 펴본다. 종종 움직이지 않던 손가락이 오늘은 잘 움직인다. 불투명한 내 미래를 보장받을 수 있으면 좋겠다.

"부담 없이 지금 전화해보세요. 1544-○○○○. 1544-○○○○."

정말 한번 전화해볼까? 상담 완료 시 사은품을 준다는 생명보험 광고를 들으면서, 나는 생각해본다.

'서른 인생을 보장해주는 그런 보험이 있다면 당장 들겠네. 서른 인생이 망했을 때 일시금으로 두둑이 좀 챙겨줬으면 좋겠네. 아니 그럼 당장 받아야 하는 건가?'

텔레비전을 끈다. 주말 오후의 원룸이 고요해진다. 텔레비전의 까만 액정에 앙증맞은 자취방이 비친다. 하, 짧고 굵은 한숨이 나온다.

2년마다 이 집 저 집을 전전한 우리 집은 지금도 전전긍긍

하고 있다. 그리고 나는 흘러 흘러서 서울에서 자취를 하고 있다. 유목하는 삶의 종착을 떠올려본다. 잔디가 깔린 근사한 주택에서 노곤한 한낮을 보내는 '나'를 상상해본다. 그러나 그것도 잠시, 너무나 선명한 현실의 삶이 나의 이상을 가뿐히 덮어버린다.

나는 앞으로 얼마나 많은 집을 거쳐 또 어디로 가게 될까. 눈 감은 어둠 속에서 목초지를 향한 유목민의 행렬이 펼쳐진다. 꿈결인지, 양쪽 볼이 벌건 유목민이 눈앞에 있다. 그는 처음 듣는 언어로 뭐라고 말하는데, 신기하게도 알아들을 수 있다. 그는 걸음을 멈추지 말라고 독려한다. 계속 계속 나아가라고. 그리고 유목민은 묵묵히 걸음을 옮기며 사라진다.

선택, 선택, 선택의 연속

뜻하지 않게 돈을 꽤 번 적이 있다. 서울에 올라와서 과외를 시작했는데, 점차 학생이 늘었다. 혼자 시작한 건 아니었다. 아는 후배와 함께 했다. 나는 시를, 그는 소설을 가르쳤다. 생각보다 잘 됐다.

학원을 차리기로 했다. 장소를 알아보았다. 몇 달을 찾아봐도 임대료와 보증금을 감당할 수 없는 곳뿐이었다. 서울 외곽이기는 했지만 그래도 결국은 조건에 맞는 곳을 찾았다. 돈을 많이 벌 생각은 없었지만, 잘 돼서 좋았다. 걱정뿐인 서울 생활이 잘 풀리는 것 같았다. 나는 누군가를 가르친다는 것이 보람 있고 재밌었다. 사업을 한다면 이런 식으로 스타트업을 하게 되는 건가. 학원 원장이라는 직함이 나쁘지 않았고, 불과 몇 달 만에 큰 액수가 손에 들어오니 신기하기도 했다. 느낀 게 많았다.

학원 일과 공부를 병행하면서 일 년 정도가 흘렀다. 딱 이대로만 생활이 유지되면서 학업을 이어가면 좋겠다고 생각했다. 하지만 그건 내 바람일 뿐이었다. 같이 일을 시작한 후배는 사업 확장을 원했다.

나는 왜 서울에 올라왔는지 다시 생각해보았다. 목적은 공부였다. 대학원 공부를 하러 서울에 왔는데 일에 치중한 채 달려왔다. 선택과 집중의 순간이 온 것이다. 일 부담을 줄이면서 공부를 제대로 해야겠다고 마음먹었다. 나에게 중요한 건 일보다 공부였으니까.

나와 그는 각자의 길을 가기로 했다. 일을 정리하는 과정이 제일 지난하고 처참했다. 다른 게 아니라 미련과 욕심 때문에 힘들었다. '지금 나한테 중요한 건 공부야'라고 다짐했으면서, 막상 일을 그만두려고 하니 쥐고 있던 걸 쉽게 놓을 수 없었다. 결정적으로 '돈'을 놓을 수 없었다. 학원 일을 포기하려고 마음을 비우고 보니, 내 안에 있던 욕심이 드러난 것이다. 헷갈리기 시작했다.

'내가 정말 원하는 것이 무엇이지?' 스스로에게 반복해서 질문했다. '서울에 온 네 목적은 뭐고, 결국 목표가 뭔데?!'

목적이라 하면 내비게이션이 떠오른다. 목적지를 검색하고 안내에 따라 길을 찾아갈 때가 있다. 나는 익숙한 길도 과속 단속 카메라 때문에 내비게이션을 찍고 간다. 주 목적지는 카페인데, 카페에 가는 이유는 간단하다. 공부를 하기 위해서이다. 그럼 물을 수 있다. 카페에서 공부를 하는 이유는? 좋은 글을 쓰는 작가가 되려는 목표가 있기 때문이다. 나의 최종 목표는 좋은 글을 쓰는 작가가 되는 것이다.

일을 그만둔 후 학업과 최소 생계를 위해 과외를 이어갔다. 공부를 선택한 것에 대해서 후회하지 않는다. 다만 경제적으로 압박을 받을 때 종종 의구심을 가져볼 때가 있다. 뭔가 잘못된 건 아닐까? 잘못되었다면 어디서부터 잘못된 건지, 몇 번이나 과거의 순간들을 돌아본다. 그때 그런 선택을 했더라면, 이때 이런 선택을 했더라면 무엇이 어떻게 달라져 있을까. 수많은 경우의 수를 떠올린다. 물론 이미 결론은 나 있다. 이러나저러나 내가 하고 싶은 공부를 택했을 것이다. 매번 그렇게 매듭짓게 된다.

새삼스레 학원 일에 대한 단상이 떠오른 건, 처음 그 일을 시작한 곳이 신촌이었기 때문이다. 몸이 안 좋다는 걸 느낀 나는 안과 검진 및 호르몬 검사를 위해 큰 병원을 찾았다. 신촌역 2번 출구로 나왔다. 연세대 방면으로 걸으면서, 시간에 쫓겨 뛰어가던 그때의 나를 보았다. '과거의 나'와 '지금의 나'가 오버랩되었다.

만약에 과거의 나를 만나게 되어 그에게 닥쳐올 어떤 파국에 대해 지금의 내가 미리 알려준다면, 과연 과거의 나는 그 말을 믿고 따를까? 왠지 아닐 것 같다. '아닐 거야. 처신을 잘해서 운명을 뒤바꾸면 되지'라고 과거의 나는 생각할 것 같다. 별것 아니라고 받아들일 것 같다.

다들 그렇지 않을까. 무슨 일이든지 간에 '에이, 아냐, 아닐 거야', '아직은 아니야, 괜찮아'라고 스스로의 미래를 어림짐작하지 않나. 그리고 애써 외면했던 어떤 것이 임박하거나 하나의 사건으로 당면하게 됐을 때, 그제야 후회하게 되고 비로소 이전의 실수들이 보이게 되지 않나. 어쩌면 '아직'은 이미 도래해 있는데, 우리가 모를 뿐일 수도 있다.

안과에서 세 시간 동안 눈 정밀 검진을 받았다. 눈 기능의 4분의 1을 잃었다고 했다. 사람의 시야를 더하기 모양(+)으로 사등분했을 때, 그중 한쪽은 아예 빛을 감지하지 못한다는 것이었다. 의아했다. 그간 나는 눈이 불편하거나 안 좋다고 느낀 적이 한 번도 없었다. 왜 몰랐을까. 보인다고 해서 보이는 게 정말 다가 아니구나.

검사를 마치고 그냥 흘러가듯 보낸 시간을 되돌아보았다. 몸의 이상한 변화를 말하면 주변 사람들은 다들 병원에 가보라고 했다. 나는 괜찮다고만 했다. 최근에 알게 되었는데, 내가 겪는 몸의 이상 증상이 '말단비대증'이라는 희귀병 증상과 닮아 있었다. 아닐 거라 생각하지만, 마음은 찰흙처럼 서서히 굳어가고 있다. 좀 더 기민했더라면 바뀌었을까. 그랬다면 눈이 이 지경이 되지는 않지 않았을까. 이것 역시 알 수는 없지만, 분명한 건 나는 나에게 소홀했다. 신촌역 2번 출구로 향하는 길. 과거의 나와 지금의 나가 다시 겹쳐지고 있었다.

예뻤어

지하철 문이 열렸다. 젊은 여자가 탔다. 벨이 울리면서 지하철 문과 스크린도어가 닫히고 있었다. '어?' 하는 순간, 여자는 그 사이를 잽싸게 빠져나갔다. 그야말로 간발의 차였다. 엄청난 순발력으로 지하철을 빠져나간 그녀는 애인의 품에 와락 안겼다. 아무튼 지하철은 출발했고 그들의 모습은 멀어졌다. 지하철이 달리는 동안 방금 본 커플이 머릿속에 맴돌았다.

둘은 지하철 문이 열리기 전부터 손을 꼭 잡고 있었다. 문이 열리고 여자는 지하철 안에, 남자는 플랫폼에 섰다. 그렇게 경계에 선 둘은 애틋하게 서로를 바라보았다. 이대로 헤어질 순 없다는 열렬함이 가득했다. 둘의 눈빛은 이렇게 말하고 있는 것 같았다.

'보고 있어도 보고 싶어.'

하, 그러니까 둘은 이 세계에서 동떨어진 존재들처럼 보였고, 주변의 시선 따위는 안중에도 없어 보였다. 아무렴 좋아 보였다. 피식 웃음이 나왔다. '좋을 때구먼, 좋을 때야'라고 생각하던 나는 순간 아차 싶었다. 세상의 갖은 풍파를 견뎌온 자가 뒷짐을 지고 말하는 것과 같은 태도를 내보인 것이다. 자연스레 '라떼는 말이야'라는 글귀가 떠올랐다. '아, 이런.' 나는 내가 꼰대처럼 느껴졌다.

꼰대.

권위적 태도를 가진 어른을 비꼬는 의미로 사용하는 은어. 쉽게 말해 늙은이란 뜻이다. 최근에는 사용 범위가 아주 광범위해서 어디까지가 꼰대 개념의 바운더리인지 헷갈리기는 하지만, 어쨌든. 나는 고개를 절레절레 흔들며 핸드폰을 찾았다. 액정을 툭툭 치며 웹툰을 보았다. 근데 웬걸, 자꾸 커플의 모습이 떠올랐다.

여자가 남자에게 와락 안기는 순간, 남자는 놀란 듯했다.

사실 나도 좀 놀랐다. 자칫 여자가 문에 끼일 뻔한 위험한 상황이었으니까. 근데 또 굳이 따져보자면 남자와 나의 놀람은 같으면서도 좀 다른 면이 있다. 남자가 놀란 건 여자가 다칠 뻔했기 때문에 놀란 것이고, 나는 단지 그녀의 행동에 놀란 것이다. 여자의 표정은 볼 수 없었지만 남자는 활짝 웃고 있었다.

지하철은 다음 역에 도착했고, 문이 열렸고 문이 닫혔다. 나는 계속 툭툭, 툭툭툭, 웹툰을 보았다. 다시 지하철은 출발했다. 어두운 터널을 지나면서 그래도 '내겐 좋았던 때가 언제였더라' 하고 떠올리게 되는 건 어쩔 수 없는 일이었다.

그날 그녀와 나는 초저녁부터 취해 있었다. 그럼에도 서로 약속이라도 한 듯 한잔만 더 하자며 다음 술집으로 향했다. 그렇다고 아예 넋 놓고 취한 건 아니어서 막차 시간이 다가오고 있다는 것쯤은 알고 있었다. 그건 그녀도 마찬가지였다. 알게 모르게 서로 막차 시간에 맞춰 가게를 나왔고 우리는 정류장으로 걸어가다가 눈이 마주쳤다.

'진짜 딱 한잔만 더.'

자연스럽게 술집으로 향했다. 그녀도 나도 술을 좋아한 탓도 있으나, 서로 떨어지고 싶지 않은 마음이 컸다. 결국 만취한 우리는 모텔에서 그대로 뻗어 잤다. 다음 날이라고 하기에도 뭣한 아침이 밝았다. 퇴실 전화를 받고 나서야 일어났다. 점심 무렵을 훨씬 지난 시간에 방을 나선 우리는 해장으로 설렁탕을 먹었다. 그리고 이번에는 진짜로 버스 정류장으로 향했다.

그녀는 버스에 올랐다. 카드를 찍자마자 나를 보며 손을 흔들었다. 문이 닫히고 버스는 막 출발하기 직전이었다. 나는 다급히 버스 문을 두드렸다. 문이 열렸고 나는 버스에 뛰어올랐다. 나를 본 그녀는 웃고 있었고 나는 그녀의 손을 잡았다. 그런데 우리는 얼마 못 가 버스에서 내려야만 했다.

나는 이마에 맺힌 땀을 닦았다. 해장이랍시고 설렁탕 국물까지 호로록 다 마셔서 그런가? 체기를 느낀 나는 멀미를 했다. 그녀가 자취하는 집까지는 주황색 버스를 타고 한 시간을 가야 했다. 참다 참다 못해 버스에서 내렸다. 화장실을 미처 찾기도 전에 길가 구석에 토를 했다. 그녀는 내 등을 두들겨주며 "괜찮아? 어떡하지…"를 반복했다. 도심의 외곽에서 내린 지라 마땅히 약을 살 곳이 없었기 때문이다.

나는 여전히 속이 메스꺼웠지만 금방 고개를 들었다. 오바

이트도 그렇고, 모양새가 어째 좀 민망했다. 그리고 미안했다. 물론 그녀도 나와 함께 있는 걸 마다하지 않았지만, 그래도 미안했다. 괜찮다고 말하며 그녀를 보았는데, 그 마음은 곧 고마움으로 바뀌었다. 그녀의 눈빛에서 나는 느낄 수 있었다. 그녀의 초점이 내게로 쏠려 있단 걸. 이 세상에 둘뿐이라는 느낌. 그녀의 얼굴은 나보다 더 아파 보였다. 내가 아프지 않았으면 하는 간절함이 고스란히 표정에 묻어 있었다. 나는 사랑을 느꼈다.

그런 때가 있다. 느닷없이 어느 시절이 그리워지는 때, 그냥 눈부실 때가 있다. 가끔 그때 그 모습이 영화를 보듯 머릿속에 상영된다. 나는 가만히 그것을 본다. 극장에 앉아 영화 보듯 본다. 웃기도 하고 슬퍼지기도 씁쓸해지기도 한다. 그렇다고 마냥 거기에 빠져 있는 건 아니다. 다들 한 번씩 영화관에 가지 않는가. 팝콘을 씹으며 스크린 앞에 앉아 있듯, 그렇게 그 시절을 돌아본다. 그뿐이다.

지하철은 빛을 가득 받으며 지상으로 올라왔고, 한강 유역을 달리기 시작했다. 햇살이 좋아 그런지 몰라도, 용기를 내보고 싶단 생각이 들었다. 그때처럼 또 무모해질 수 있을지 의문이지만 누군가를 만나게 된다면 온전히 마음을 쏟을 수 있는 마음의 준비랄까. 달리기 전 심호흡이랄까. 사랑이란 건 뜻밖의 일이므로, 뭐 사랑 입장에선 웃기시네, 할 일이겠지만.

경쾌한 국악 선율이 울리고 지하철은 역에 도착했다. 문이 열렸다. 발 빠짐 주의, 발 빠짐 주의… 반복하는 소리를 들으면서 지하철에서 내렸다. 내리는 일은 하나도 위험하지 않았지만, 나도 어쩐지 여자가 건넜던 경계를 넘은 것만 같았다. 지하철은 금방 떠나가고, 텅 빈 플랫폼에서 나는 잠시 기분이 달뜬 채 서 있었다.

내가 너 그럴 줄 알았어

동사 중에 이런 동사가 있다. '터지다.'

분노가 터지다, 불만이 터지다, 이 외에도 입술이 터지다, 코피가 터지다, 박수가 터지다 등 이 동사의 쓰임은 다양하다.

요즘 나는 '우울이 터지다'에 꽂혀 있다. 왜 우울이 터지냐고 묻는다면, 이건 마치 다트와 같다. 목표 지점을 향해 신중하게 다트를 조준한다. 심호흡한다. 한가운데를 향해 다트 핀을 던진다. 그러나 날아간 다트핀은 생각지도 못한 지점에 꽂힌다. 좀체 마음대로 되는 게 없다!

그러던 중 친구와 맥주를 마시게 되었다. 친구가 나의 봇물 터지는 우울을 알고, 먼저 제안해왔다. 생맥주를 시키고 앉자마자 시작되었다. 나의 한풀이가. 취업 등 한가득 쌓아두었던 그간의 생각이나 고민 털이가.

참 어렵다고 생각하며, 나는 단숨에 맥주 한 잔을 다 마시고 한 잔을 더 시켰다. 앞으로 무엇을 해야 정말 잘한 선택인 걸까? 취업 앞에서 나는 오줌 마려운 사람처럼 몸을 배배 꼬게 된다. 화장실마다 문은 잠겨 있고, 좀체 해결하기가 쉽지 않다. 늘 불안하다. 그리고 잠시 정적이 흘렀을 때 친구가 말했다.

"아무한테도 말하지 마."

나는 귀를 쫑긋했다. 친구는 말을 이었다.

"나 공무원 시험 준비하려고."

친구는 공무원 준비를 결정하기까지 숙고의 시간을 가진 듯했다. 자신이 잘할 수 있는 것에 대해 손가락을 하나씩 펴가며 말했다. 이어 앞으로의 계획을 늘어놓았다. 나는 그의 말을 들으면서 몇 개월 전의 그가 떠올랐다. 내게 고민을 털어놓던 친구. 그때 그의 눈빛에는 어떤 망설임이 있었다. 그러고는 이런 말을 덧붙였다. "보영아, 나는 알바든 뭐든 6개월 이상해본 적이 없는 것 같아." 뭘 해야 할지, 기로에서 갈팡질팡하던 그였다. 그러나 이번에는 좀 달랐다. 이전에는 고민의 차원이었지만 이번에는 선언이었다.

그런 그의 선택에 나는 몇 가지 걱정이 들었다. 이제 막 서른을 넘긴 나이도 나이였지만, 공부를 안 하다가 하려면 시행착오도 생각보다 많이 겪는다. 그리고 경제적인 부분에서 지원해주는 사람이 없으면 힘들다. 온전히 공부에 집중해야 할 때, 금전적 근심이 겹치면 스트레스가 적잖다. 무엇보다도 이 점이 중요한데, 공부는 누가 시켜서 하는 게 아니다. 스스로의 의지가 중요한데, 역시 쉽지 않다.

그럼에도 불구하고 나는 일단 무조건 그의 선택을 지지하고 응원했다. 해본 것과 안 해본 것은 다르다. 그런데 꼭 이런 부류가 있다. 전지전능형 부류다. 그들은 마치 자신들이 신인 것처럼 말한다.

"내 그럴 줄 알았어."

그들은 어떤 일을 시작할 때는 별말 안 하고 있다가 꼭 잘 안 되고 나면 이미 다 알고 있었다는 듯이 말한다.

"안 될 줄 알았어. 그때 내가 말렸어야 했는데."

그들의 말이 문제가 된다는 건 아니다. 나는 그들의 태도에 대해 말하는 것이다. 그들은 상대가 뭘 해보겠다고 말하면 일단 뒷짐부터 지고 있다. 너의 선택이 무엇이든 나는 관심 없다는 시크(?)한 태도를 취한다. 그것은 사실, 네 선택에 나는 일말의 책임을 지고 싶지 않다는 의미와 다름없다. 이런 이들 앞에서 나는 말을 아끼게 된다. 그리고 기회가 있을 때, 그러니까 비슷한 상황에 놓이게 되었을 때 그들에게 말한다.

"나도 너 그럴 줄 알았어."

생각해보면 이 말은 마법의 주문인 것만 같다.

어쨌든 친구는 공무원 도전의 의지를 보였고, 나는 역시 그를 무조건 응원했다. 물론 감언이설, 듣기 좋은 말로 포장하여 친구를 응원한 건 아니다. 지록위마라는 말이 있다. 사슴을 가리켜 말이라 한다는 뜻인데, 사실을 말하지 않고 거짓을 말한다는 것이다. 나는 현실적으로 있는 그대로의 사실, 그리고 걱정이 되는, 나아가 걱정해야 할 부분을 친구와 하나씩 짚어갔다. 다트에 핀을 던지기 전, 그때의 신중함처럼 우리는 차근차근 대화를 이어갔다.

간단히 맥주를 마신 뒤, 우리는 술집을 나왔다. 나날이 터지고 터지던 우울감은 그와의 대화로 말미암아 맥주의 가벼운 알코올 기운과 함께 날아가 버렸다. 그리고 나는 떠올려보았다. 일 년 뒤 공무원이 된 친구의 모습을. 그건 생각만 해도 참 기분 좋은 일이었다. 정말 그날이 오면 그에게 이렇게 말해줘야지, 생각했다.

"내가 너 그럴 줄 알았어."

우리는 여름의 밤거리를 터덜터덜 걸었다.

떡볶이 만들기

혀가 얼얼할 정도의 떡볶이를 떠올린 건 퇴근 시간이 훌쩍 지난 지하철 안에서였다. 반복되는 일상에서 유달리 걸음이 무겁게 느껴지거나 한숨이 절로 나오는 때가 있다. 그럴 때 매운맛이 당긴다. 거기에 맥주까지 곁들이면 금상첨화, 더할 나위 없다.

과외를 끝내고 집으로 가던 나는 유독 매운맛이 당겼고, 떡볶이를 먹어야겠다고 생각했다. 엽기 떡볶이냐 신전 떡볶이냐 고민하던 중 문득 언제 요리를 했었는지 떠올려봤다. 가물가물했다. 직접 떡볶이를 만들어보기로 마음먹었다.

마트에 도착한 나는 채소류 매대 앞에 서서 고민에 빠졌다. 대파, 양파, 청양고추, 양배추 등 아무래도 양이 많았다. 며칠 뒤 시든 채소를 내다버리는 내 모습이 눈에 선했다. 나는 이참에 요리를 자주 해 먹자는 다짐을 하며 장바구니에 재료들을 담았다. 신전 떡볶이와 비슷한 맛을 내기 위해서는 카레 가루가 필요하다는 인터넷 정보를 참고해 카레 가루도 담았다. 떡볶이 재료를 가득 담은 봉지를 들고 집으로 향했다. 맛있는 저녁을 해 먹을 생각을 하니 발걸음이 가벼웠다.

국물 떡볶이가 먹고 싶었으므로 물을 넉넉하게 채운 냄비를 안쳤다. 육수를 내겠다고 냉동고 문을 열었다. 얼마나 오래 있었는지 모를 건새우와 멸치와 다시마를 냄비에 넣었다. 이어 채소를 씻은 뒤 손질했다. 푸릇한 채소를 송송송 썰 때, 칼과 도마가 맞부딪히는 단단하고 경쾌한 소리가 좋았다. 그사이 물이 끓었고 건새우와 멸치와 다시마를 건져냈다. 고추장은 많이 넣으면 텁텁해지니 두 숟갈만 풀어 넣었다. 나름 비법 떡볶이 재료로 준비한 카레 가루도 한 스푼 넣었다. 칼칼한 고추장과 어우러진 카레 냄새가 나쁘지 않았다. 침이 고였다. 물이 팔팔 끓기 시작하자 분주해졌다. 손질한 채소를 넣고 밀떡과 큼직하게 자른 어묵을 넣었다. 보글보글 떡볶이가 끓어오를수록 기분이 한결 나아졌다. 고춧가루도 넣고, 설탕도 넣고, 후추도 아낌없이 뿌렸다. 매콤하고 달큼한 냄새가 원룸에 가득했다. 떡볶이 국물을 떠서 간을 보았다.

'응?'

나는 좀 불길해졌다. 물을 많이 넣은 탓일까. 어째 좀 밋밋했다. 자작한 느낌의 떡볶이라기보다 밍밍한 떡볶이 탕이 되었다. 고추장을 몇 숟갈 더 넣었다. 설탕도 더 넣었다. 기대했던 나의 맛있는 저녁은 망한 게 아닐까 하는 불안감 속에서 떡볶이 탕을 휘휘 저었다. 다시 간을 보았다.

'음….'

어디서부터 잘못된 걸까. 냄새는 그럴싸한데 맛은 그렇지 못했다. 나는 배고픈 것도 잊은 채 요리에 집중했다. 이것 조금 저것 조금 계속 조금씩 조미료를 넣었다. 한 번 더 간을 보았다.

'지금이라도 시켜 먹을까?'

시간은 자정에 가까워지고 있었다. 잠깐 멍해졌다가, 널브러진 것들이 눈에 들어왔다. 비닐 포장지와 뒤섞여 개수대에 있는 양파 껍질, 좁은 부엌에 촘촘히 놓여 있는 양념장들, 바닥에 떨어진 채소 찌꺼기들, 그리고 끓고 있는 떡볶이.

나는 가스 불을 끄고 상을 펼쳤다. 요리에 들인 정성을 생각하면 어떻게든 먹고 싶었다. 떡볶이를 냄비째 상에 올려놓았다. 맥주 캔을 땄다. 이제 드디어 먹기만 하면 되는데, 다시 자리에서 일어났다. 어째 내게 너무 무례한 것 같은 느낌이 들어서였다. 떡볶이를 그릇에 옮겨 담았다. 그럴싸하게 플레이팅 된 떡볶이와 맥주를 핸드폰으로 찍었다. 살짝 익은 채소의 무딘 식감을 기대했던 양파와 양배추는 완전히 흐물흐물해졌고 밀떡과 어묵은 탱탱 불었지만, 사진으로 찍어놓고 보니 또 나름 괜찮았다. 밀떡을 오물거리면서 어묵을 씹으면서 궁금해졌다. '처음 나 혼자 밥을 먹은 때가 언제였더라.' 나는 희미하게 블러셔 처리된 것 같은 기억의 이미지를 가만 들여다보았다.

어린 나는 빈집에 있다. 어떤 이유에선지 늘 곁에 붙어 있던 동생도 없다. 분명 혼자 있는데, 안방에 누군가 있는 것만 같아서 무섭다. 안방 문을 열지는 못하고 어린 나는 용우동이란 음식점에 전화를 한다. 우동을 주문한다. 곧 우동 한 그릇이 배달된다. 나는 엄마가 식탁에 올려두고 간 오천 원을 배달원에게 건넨다. 그는 내게 이천오백 원을 거슬러준다. 이런 게 어른의 삶인 건가. 현관에서 나 혼자 계산을 하는 그 순간만큼은 어른이 된 것만 같다.

그릇에 겹겹이 포장된 랩을 조심스레 벗겨내니 모락모락 김이 오른다. 짭조름한 냄새에 군침이 돈다. 먼저 우동 국물을 한 수저 떠 마신다. 감칠맛이 입 안에 감돈다. 어린 나는 단무지를 야무지게 씹으며 우동 한 그릇을 뚝딱 해치운다.

나는 단숨에 맥주 한 잔을 들이켰다. 혼밥.

내가 서서히 혼밥에 익숙해진 건 다른 게 아니었다. 타인과 있을 때 느껴지는 어색함이 싫었다. 특히나 나보다 나이가 많거나 선배 등 사회·심리적으로 어려운 사람과 함께 밥을 먹을 때 오는 불편함이 싫었다. 안 그래도 힘든데, 체할 것 같은 기분으로 굳이 왜 밥을 먹어야 하는 건지. 싫었다. 그리고 의례처럼 타인과의 관계에서 지켜야 하는 배려와 친절에 지쳤다. 내가 먹고 싶은 걸 편안한 마음으로 자유롭게 즐기고 싶었다. 그래서 혼자 밥을 먹기 시작했다. 혼밥을 할 때만큼은 오롯이 나만의 시간이라는 느낌, 그 해방감이 좋았다.

그렇다면 혼밥을 하던 어린 시절의 '나'는 어떤 감정이었을까. 나는 젓가락을 든 채 떡볶이를 바라보았다. 혼자라는 익숙함 속에서 지내왔는데 갑자기 혼자라는 것이 낯설어졌다. 어린 '나'도 지금의 '나'와 같은 감정을 느꼈을까. 불쑥 솟아오른 외로움 속에서 평소 혼밥을 하며 떠올리던 말들이 머릿속을 부유했다.

'맘 편한 나만의 시간', '번거롭지 않다', '간편하다'.

이런 생각들이 쌓이고 쌓여 지금에 이르기까지, 나는 방치한 것들이 많다는 생각이 들었다. 젓가락을 내려놓고 천천히 방을 둘러보았다. 빳빳하게 마른 채 건조대에 걸려 있는 속옷과 수건, 구석에 대충 말려 있는 이불, 책상에 널브러진 책들. 손길이 필요해 보였다. 모두 정리가 필요해 보였고, 나는 혼자라는 편안함 속에서 외로움 같은 응달진 감정은 마음 한구석에 박아둔 것만 같았다.

이게 참 아이러니하다. 나는 나에 대한 존중과 자유를 위해 혼밥을 시작했으면서 나를 방관했다. 일은 꾸역꾸역 어떻게든 하면서 정작 중요한 '나'는 왜 방치한 것인지. 나 자신에게 물어보면 달리 할 말이 없다. 나를 돌볼 여유가 없었다기엔 홀로 즐긴 시간이 적잖다. 근본적으로 먼저, 모난 감정들에 대해 정리할 것은 했어야 하는데 타인으로부터 거리를 둘 것을 선택했고 혼자가 되니, 나를 마주하길 꺼렸다. 온전히 나에 대해 생각해본 적이 없어서, 어색했다. 그러니 따뜻하지 못한 감정에 대해 스스로 달래기보다 그저 괜찮다고만 하며 넘겨짚어 지내왔다. 그렇게 셀 수 없는 혼밥의 시간 속에서 나는 더 쓸쓸해진 것만 같다.

'이게 다 먹고살자고 하는 일 아닌가.'

나는 남은 떡볶이 탕을 치우고 바로 설거지를 했다. 평소엔 더 이상 안 되겠다 싶을 때까지 식기가 쌓여야만 설거지를 했는데, 당장 치워야 할 것 같았다. 남은 채소까지 정리해서 냉장고에 넣은 뒤 고요한 방에 앉았다. 절로 한숨이 나왔다. 떡볶이를 시켜 먹었더라면, 이런 불편한 감정에 대해 생각해보지 않았겠지. 밥이, 삶이 간편해질수록 내 감정 또한 단순해져온 게 아닌가 싶다.

그러나 이러쿵저러쿵해도 부정할 수 없는 게 있다. 나는 혼밥이 좋다. 잠시나마 만끽할 수 있는, 더구나 먹는 즐거움 속에서 느끼는 자유가 참 좋다. 그렇다고 외면하지는 않을 것이다. 더 이상 나를 방치하지 않을 것이다. 세상에 가치 있는 것은 그렇지 않은 것보다 얻기가 조금 더 어려운 법이고, 그래서라도 나는 '나'를 마주하고 '나'에게 정성을 들일 필요가 있다. 혼자니까 더욱더 말이다.

그럼 다음에는 뭘 해볼까. 짜장떡볶이를 해볼까. 인터넷 창에 짜장떡볶이 맛있게 만드는 법을 썼다 지웠다. 다시 검색어를 썼다. 카레 맛있게 끓이는 방법.

카톡 프사에 빨간 점을 없애고 앉아서

사회에 길들여지기 시작한 것은 옷장에 처음 정장을 걸 때부터인 것 같은데, 나는 아직 사회랑 울근불근하는 사이인가 보다. 넥타이 하나 제대로 맬 줄 몰라 거울 앞에서 끙끙거리기를 십 분째였다. '10초 만에 넥타이 매는 방법', '쉽게 넥타이 매는 법' 등 인터넷에 나와 있는 설명은 아무리 봐도 짜증만 더 치밀었다.

넥타이를 들고 일단 뛰었다. 고향 친구의 결혼식이 있는 날이었다. 게다가 내가 사회자였다.

"기사님, 혹시 넥타이 맬 줄 아세요?"

택시에 올라타자마자 대뜸 날아든 물음에 그는 싱겁게 웃었다. 스스럼없이 기사님과 결혼 이야기를 주고받았다.

"그럼 그쪽은 언제 결혼하려고?"

나는 시계를 보며 말했다.

"그러게요. 기사님 저기 앞에서 내릴게요."

주례 없는 간소한 결혼식이었다. 이십여 분의 예식 동안 나는 버벅거린 첫마디 이후 긴장감이 전혀 들지 않았는데, 이상하게도 손바닥에 땀이 났다. 입술에 자꾸 침을 발랐다. 그 느낌은 아마 초조함이라고 해야 맞을 것 같다.

친구들 여섯이 한 테이블에 앉아 밥을 먹었다. 울리지 않은 핸드폰을 보며 나는 왠지 자취방에 누워 있는 주말 저녁의 기분이 들기도 했는데, 아마도 일곱 명 중 가장 먼저 유부남이 된 친구 녀석 때문이지 싶었다. 긴장은 정신을 바짝 차리면 그만이지만, 초조는 발을 계속 동동 구르게 한다. 괜히 나도 슬슬 결혼을 해야 할 것만 같은 감정이 일었던 것이다. 결혼에 대해 부정적이던 내가 왜 그런 느낌이 들었을까.

결혼, 내게 그것은 흡사 운동회를 떠올리게 한다. 집안과 집안이 발목에 질끈 끈을 동여매고 이인삼각을 하는 것이다. 준비~탕! 두 집안이 어깨동무하고 간다. 투닥투닥 뛰어간다. 이를테면 명절날을 떠올려볼 수 있다. 아내가 며느리로서의 역할이 정해져 있는 것마냥 시어머니 아래에서 마땅히 그렇게 하지 않으면 둘 사이에 묘한 갈등이 생기는 것과 같은 것들. 부부는 서로에게 취직을 한 것도 어딘가에 팔려 오거나 팔려 간 것도 아닌데, 그런 것들에 맞춰져야 한다는 게 달갑지 않았다. 일찍이 결혼한 동생의 말이 떠올랐다. '형은 최대한 늦게 해.' 허공을 보며 말하던 그의 눈빛에는 무언가 달관한 자의 허심탄회가 깃들어 있었다.

결혼을 생각하다 보면 딸려 오는 게 있다. 이제는 진부한 단어인데, 'N포 세대'이다. 2015년 취업 시장에서 사용되기 시작한 신조어로, 포기할 것도 없는데 삶을 애초부터 포기해야 하는 세대를 일컫는 말이다. 그들은 초장부터 연애, 결혼, 출산을 포기한다. N포 세대라는 말은, 취업도 못 하고 돈도 없으면 인생을 포기하라는 비관적 삶을 조장하는 것만 같아서 마뜩지 않다.

나도 N포 세대인가? 무한한 포기. 그건 삶의 가치를 '돈'에 맞추고 등장한 단어이다. 나는 내가 그 세대라고 생각하지 않는다. 뭣도 없으면 애당초 포기하라는 건데, 자본이 불안을 좀먹으며 증식한다는 건 새삼스러운 일이 아니다. 그래도 내 주변에는 쥐뿔이라도 쥐기 위해 아등바등 살아가는 사람들이 훨씬 많다. 차라리 나는 어디에도 속하지 못하는 '비(非)세대'(혹은 A가 될 수 없는 'B세대')라고 말하고 싶다.

1990년 1월에 태어난 나는 우리나라 문화 융성의 정점기에 자라났다. 빠른 년생인 나는 막 국민학교에서 초등학교로 명칭이 바뀔 때 입학했다. 1997년, 나는 안방에서 울던 엄마의 모습을 잊을 수 없다. 멀뚱히 엄마를 바라봤다. 왜 우는지도 몰랐고, 어떻게 해야 할지 당황스러웠다. 어린 동생은 엄마가 우니 자기도 따라서 울기 시작했다.

"엄마. 어므마. 어마!"

동생은 점점 더 크게 울었다. 나라가 망했던 IMF 시절, 나는 뭐든 아껴 써야 한다는 걸 익히기 시작했다. 몽당연필에 다 쓴 모나미 볼펜을 꽂아 쓴 것도, 저금이란 개념을 익힌 것도 그 무렵이다. 학교에서도 대대적으로 저축을 장려했다. 나라와 기업이 조금이라도 돈을 모아야 했을 테니까. 그리고 학교 교문부터 교실, 칠판, 화장실 등등 움직이는 모든 동선마다 '아나바다'[•] 스티커가 붙어 있었다. 그래도 풍년인 게 하나 있었는데, 빵이었다. 포켓몬스터 띠부띠부씰 스티커를 모으기 위해 슈퍼 아주머니 몰래 빵을 주물럭거렸다. 빵을 많이도 사 먹었었고 적잖이도 버렸다.

어쨌든 나는 자라났고, 서른이다. 그땐 그랬지, 추억에 젖어 웃다 말고 친구들은 앞으로의 삶을 걱정했다. 그들은 두 유형으로 나뉘었다.

1. 직장에 다니고 있다.
2. 일을 그만두고 다시 구직 중이다.

두 유형 모두가 두 갈래 길에서 망설이는데, 불안전하지만 새로운 도전을 할 것인가 아니면 계속 직장에 다닐 것인가이다. 직장에 다니는 친구는 마치 사회와 타협하는 것 같아서, 내 삶이 이렇게 평범했나 싶어서, 정말 하고 싶은 게 뭐였는지

• 아껴 쓰고 나눠 쓰고 바꿔 쓰고 다시 쓰기의 줄임말.

까먹은 것 같다며 한숨을 쉬었다. 그런 그에게 나는 말했다.

"올빼미는 황혼 녘이 돼서야 날개를 편다잖아. 릴랙스, 릴랙스."

"그래? 고맙다. 안 그래도 골 아픈데, 더 골 아프게 하네?"

친구는 다음 달 카드 값을 걱정했다. 매달 빠져나가는 할부금액을 떠올리면서, 내일 출근을 떠올리면서 시름에 빠졌다. 한편 작지만 자기만의 사업을 구상 중이라는 친구는 침착한 어조로 말했다.

"망하면 어쩌지?"

"그럼 다시 취직해."

친구는 아연실색했다.

"너야 노선을 선택할 수 있는 폭이 넓지만, 직장에 한번 들어가면 노예야, 노예. 일단 이삼 년 이상은 잡혀서 일해야 돼."

사면초가다. 대학원생인 내가 선택의 폭이 넓은지는 모르겠지만, 나는 그럼 좀 쉬라고 말했다. 침울해진 그는 술잔을 비웠다.

대부분 그렇다. 초조하다. 어디든 소속되지 못하면 안 될 것 같은 불안이 내면 깊이 배어 있다. 근데 또 비정규직은 싫고

중소기업은 시답잖다. 그렇다고 대기업 정규직으로 취직하긴 어렵다. 그 맘을 모르는 게 아니다. 안다. 진퇴양난이다. 1번 친구들은 끝내 직장을 그만두지 못할 것이고, 2번 친구들은 끝끝내 취직을 할 것이다. 딜레마는 끝나지 않을 것이다.

갓 부부가 된 친구 내외가 우리가 앉은 테이블로 오고 있었다. 다정하게 손을 잡은 둘이 걸을 때마다 바람에 수런거리는 봄날의 따스함 같은 것이 느껴졌다.

"그 손 놓고 얘기해."

한 친구가 농을 쳤는데, 진담 같았다. 썰렁한 분위기 속에서 친구 내외만 웃었다. 그런 한편 나는 둘에게서 또 다른 모습도 보게 되었다. 우리는 사회에 길들여져 가면서 벼가 고개를 숙이듯 천천히 하나의 괄호 모양이 되어가는 것 같다. 함께라는 건 각자가 지닌 괄호와 괄호가 만나는 것 같아서, 기어코 채울 수 없는 두 괄호 사이의 쓸쓸함이 오버랩 되기도 했다.

"이렇게 또 토요일이 가는구나."

딱히 떨 수다도 없으면서 한탄하는 친구들과 카페에 앉아 있었다. 전공도 하는 일도 다 다르니 공감대를 형성하는 것도 어렵지만 우리는 곁이라는 온기를 나누면서 맘 놓고 침묵할 수 있었다. 공감할 수 있는 게 하나 있기는 했는데, 모두 애인이 없어서 가능한 것이었다.

택시 기사님의 질문을 곱씹어봤다. 당초 애인이 있는 것도 아니었지만, 그렇다고 누가 정말 묻는다면 할 말이 없는 것도 사실이지만, 그래도 애인이 있는지 없는지부터 물어보는 게 우선 아닐까. 내가 애인이 없는 이유에 대해서라면 할 말이 많은데, 크게는 사람 만나는 게 점점 어려워지기 때문이기도 하고, 노력한다 해도 그건 강제할 수 없는 일인 까닭이다.

다들 연애를 포기한 적은 없다. 다만 없을 뿐이다. 우리는 각자 핸드폰을 보고 있었다. 나는 카톡 프사에 빨간 점을 없애고 앉아 있었다. 해가 지고 있었다.

(2부)

어둠 속에 나를 풀어놓은 채

서른이면 뭐라도 될 줄 알았지

언제 받은 선물인지도 가물가물한 화분을 들고, 버릴지 말지 고민하다 결국 내다 버렸다. 늘 그 자리에 있던 게 없으니 뭔가 허전한 것 같기도 했다. 어느새 연말이 다 되어가고 있는데 화분 옆에 있던 탁상 달력은 아직도 연초에 머물러 있다.

서른. 앞의 숫자가 바뀐다는 건 진작 한 번 경험했는데, 완전 새롭게 느껴진다. 열아홉에서 스무 살이 되었을 때도 분명 어떤 감회가 있었다. 잘 기억나지 않지만 사후적으로 직조해보자면, 나는 안양에서 전라도 광주로 대학을 가게 되면서 실패에 대한 결과로서 처절한 유배(?)를 생각했다. 열심히 해야지, 했던 것도 같다.

그러나 자만과 오만에 빠진 학부 때의 나는 치기에 취했다. 스스로 우물 안으로 들어갔다. 누구나 그렇듯, 일찍 정신을 차렸더라면 좋았을 것을, 라고 생각하면서도 참 걱정 없이 좋았던 시절이었다. 무엇보다 가장 기억에 남는 것은 친구와 함께 '밀양 연극촌'에 자원봉사를 갔을 때다. 사서 고생이라고 했던가. 연극촌에서—속된 말로 개고생하며—지낸 한 달은 아이러니하게도 내 삶에서 가장 인상 깊은 기억 중 하나다.

그해 여름 밀양은 무척이나 무더웠다. 연극 무대를 옮기고, 가로등 높이로 쌓아 올린 아시바(비계)를 타고 올라가 조명을 달고, 녹슨 못을 밟기도 하고, 파상풍 주사를 처음 맞아보고, 매일매일 정신없이 연극 무대를 올렸다. 배우들은 내가 작업한 무대 위에서 밤새 리허설을 했고, 나는 그런 그들을 지켜보다가 객석에서 까무룩 잠이 들곤 했다.

야외무대에 관객들이 들어차고 연극이 시작되면 객석 구석에 선 채 연극을 보았다. 성황리에 연극이 끝나고 관객들의 박수갈채가 쏟아지면 씰룩 웃음이 나왔다. 괜히 뿌듯했다. 빛

나는 조명 아래에서 분장을 한 배우들이 인사하는 것을 보며, 저 조명 아래에 서 있는 '나'를 잠시 상상하기도 했다.

그러나 박수갈채 속에서 느낀 찬란한 감정보다도 극이 끝난 무대 위에 올라 연극 세트를 정리하면서 느낀 게 더 많았다. 조명이 꺼진 뒤의 모습이 진짜 세계라는 것을 알았다. 다른 한편, 텅 빈 무대를 보면서 결국 세계 또한 아무것도 아닌 부재한 존재인 것 같기도 했다. 무대의상을 벗고 트레이닝복으로 갈아입은 배우들과 함께 연극 무대를 해체하고 있으면, 작가가 조명해야 할 것은 무대 위의 화려함이 아니라 분장을 지운 저 배우들의 뒷모습이구나 생각했다. 결국 현실의 이면은 무엇도 아닌 것 같았고, 나는 손에 잡히지 않는 어떤 것을 생각하면서, 매일 무대를 해체하고 다시 만들기를 반복했다.

한번은 연극촌 배우 형과 함께 차를 타고 일을 하러 간 적이 있다. 그때 나와 친구는 스무 살, 그 형은 서른이었다. 피로에 짓눌려 멍하니 창밖을 보고 있는 우리에게 형이 말했다.

"너희가 올해로 스무 살이지? 십 년 뒤에 뭘 하고 있을 것 같아?"

나는 까마득한 십 년 뒤, 서른 살의 나를 상상해보았다. 아득하지만, 아늑한 무엇을 떠올렸다. 이를테면 넓은 집 한 채, 고급 승용차 한 대쯤, 단란한 가정, 어느 정도의 사회적 명성 따위의 것들 말이다. 형은 그런 우리의 뻔한 생각을 단박에 부숴버렸다.

"뭐라도 되어 있을 것 같지? 그런데 아무것도 아니더라. 나도 좋은 배우가 되고 유명해져서 집도 사고 차도 사고 잘살 것만 같았는데…. 그렇지 않더라. 쉽지 않더라."

차는 터널 안으로 빨려 들어가듯 달렸다. 차 안에는 잠시 정적이 흘렀다. 주황색 불빛들이 빠른 물살처럼 흘러 지나가고 있었다. 터널을 빠져나와 우리는 어김없이 일을 하러 갔다.

아무것도 없던 야외무대 위에 하나의 세계가 세워졌고, 해가 지면 개구쟁이 분장을 한 서른 살의 형이 연극 무대 위를 천방지축 뛰어다녔다. 깔깔깔 웃는 관객들을 보면서 나는 웃을 수 없었다. 이미 여러 번 본 연극이기도 했지만 마음 한편이 괜히 쓸쓸해서였다.

차 안에서 형이 말했을 때, 나와 친구는 왜 아무런 대답을 하지 못했던 걸까. 이제 막 스무 살이 된 새싹들의 꿈을 무참히 짓밟는 것 같아 기분 나빠서? 아니다. 그 순간의 기억은 어느 때보다 또렷하다. 형의 말투는 차분했다. 십 년의 시간이 지났어도 잊을 수 없다. 나이 많은 사람이 하는 충고의 뉘앙스도, 부모님이 노파심에 하는 잔소리도 아니었다. 그때 형은 낮은 조도의 조명 아래에서 온 세상의 봇짐을 지고 홀로 고뇌하는 개구쟁이 같았다고 할까. 그의 목소리와 말은 따뜻하면서도 날이 서 있었는데 뭐랄까, 입 안에서 조곤조곤 면도날을 씹고 있는 것 같았다고 할까. 어쨌든 지금 와 다시 생각해보면 그만큼 아픈 말도 없지 않나 싶다. 되레 내가 그의 어깨를 토닥토닥해줬어야 했던 건가 싶다.

그의 말은 담담한 자기 고백이 아니었을까. 답이 없는 현실에서 스스로에게 보내는 편지 같은 게 아니었을까. 그러니까 우리에게 조언을 가장한 자기 위로. 누구에게도 끝내 할 수 없는 고백이었다. 나는 지금도 그 형의 이름을 모른다. 이름이라도 알아뒀어야 했나 싶지만, 형에게 이름을 묻지 않은 건 다행이라고 생각한다.

형은 마흔이 되었을 것이다. 앞의 숫자가 한 번 더 바뀐 형은 어떻게 지내고 있을까. 그리고 만약 마흔의 형을 만난다면 이번에는 내게 무슨 말을 할까. 궁금하다. 나는 마흔이 된 형에게 안부를 전하면서도, 그때의 서른 살 형에게 묻고 싶은 게 있다. 가장 두려운 게 무엇인지, 그리고 형도 무언의 압박을, 어떤 공포를 느꼈는지 말이다.

나는 지난 십 년의 기억을 돌고 돌아 스물에서 서른에 들어서면서, 또렷해지는 어떤 것을 발견했다. 그것은 어떤 변화에 대한 망설임이다. 무엇을 할 때 전에는 거침없었던 것 같은데, 이제는 사사로운 걱정이 많아지고 종종 이유를 알 수 없는 무서움이 엄습해올 때가 있다. 달리 말해 망설임은 대상이 있는 두려움이고, 무서움은 대상이 없는 공포다. 두려움은 뚜렷하지 않더라도 대상관계가 있으므로 그나마 견딜 만하다. 그러나 공포는 좀체 실체가 없으므로, 말하자면 보리(우리 집 강아지)가 갑자기 허공을 빤히 응시하다가 멍멍 짖을 때의 느낌과 같아서, 나는 어쩌지 못하고 마음만 졸이게 된다.

물론 여전히 나는 어떤 일을 할 때 '못 먹어도 고!'를 외치기는 하지만, 마음은 전과는 다르게 머뭇거리기 일쑤이다. '잘 될까?', '할 수 있을까?' 나이를 먹는다는 건 두려움과 친근해지는 일인 것만 같고, 모르는 공포와 매년 더 가까이 이웃하게 되는 것 같다. 나는 '서른 살 형'과 '서른'인 나를 생각하면서, 연초에 머물러 있던 탁상 달력을 마저 넘겼다. 단숨에 11월이 되어버렸다.

그래도 가만 생각해보면, 이제 나와 동갑이 된 그때의 서른 살 형은 연기는 물론이거니와 능수능란한 게 있었다. 그는 운전을 참 잘했다. 거침없으면서도 안정적으로 주행했다. 특히나 후진을 기가 막히게 했고 주차도 단번에 했다. 여태 나는 후진도 주차도 미숙하다. 차가 많은 도심에서는 더욱 운전하는 것이 두렵다. 언제 사고가 날지 모르니 노심초사다. 자동차 경적이 울리면, 어떤 때는 그 자리에 그대로 멈춰 서 있고 싶을 때가 있다.

눈을 감고 상상해본다. 서른의 나와 서른 살 형. 우리는 텅 빈 무대 위에 마주 서 있다. 그는 내게 악수를 청하며 말한다.

"벌써 동갑이 되었네."

그렇게 선 채로 우리는 서서히 암전된다.

마지막 계단을 알지 못했을 때

날씨는 출근하는 사람들의 표정을 닮아 있었다. 집 앞 골목을 걷던 나는 다시 집으로 향했다. 어릴 적 나뭇잎 떼기를 할 때처럼 '맞다, 아니다, 맞다, 아니다' 하며 계단을 올랐다. 매일 오르내린 층계인데, 한 칸이 부족했다. 우산을 챙겨 내려오면서 한 번 더 셈해보았다. 역시 한 계단이 더 있어야 했다.

비를 좋아하지만, 오늘만큼은 비가 좀 멎어주길 바랐다. 추적추적 내리는 가을비에 옷깃을 여몄다. 버스 정류장으로 걸어가면서 없던 계단이 떠올랐다. 버스를 타고 병원으로 향하면서도 머릿속에 반듯한 계단 하나가 자꾸 그려졌다. 습기

찬 차창을 소매로 닦아냈다. 끕끕한 버스 안에서 빨리 내리고 싶었는데, 목적지에 가까워질수록 마음은 더 초조해졌다.

시계는 8시를 조금 지나고 있었다. 채혈실 앞은 사람들로 북적거렸다. 순서를 기다리며 앉아 있는 동안 나는 알 수 없는 열기를 느꼈다.

“밖에 비 와요?”

반팔을 입은 간호사가 태연하게 물어왔다. 그녀는 몇 시에 출근한 걸까.

“네, 꽤 오네요.”

나는 여덟 시간 금식 상태에서 피를 뽑았다. 이어 간호사가 준 설탕물을 마셨다.

“환자분, 이제 삼십 분 뒤에 피 뽑을 거고요. 다시 삼십 분 있다가 또 뽑을 거예요.”

‘경구당부하 검사’라고 하는데, 일명 당 검사라고 부른다. 성장호르몬의 농도 변화를 측정하기 위한 검사이다. 검사 때문이기도 하지만 항시 약간 출출한 상태인 나는 무엇보다도 속이 허했다. 대기실에 앉아서 끝나면 뭘 먹을까 고민하던 중 불쑥 남자 목소리가 끼어들었다.

"찐따처럼 하고 앉아 있냐?"

툽상스러운 면이 있는 동생의 반가운 인사를 나는 욕으로 되받아주었다. 우리는 나란히 앉아 있었다. 때가 되면 피를 뽑고, 시간을 흘려보냈다. 반차를 내고 온 동생을 보았다. 검사 때문이지만 이렇게라도 같이 있는 게 참 오랜만이었다. 그는 멍때리고 있었다. 병원에서 홀로 앉아 심란해할 나를 걱정해 두 시간 거리를 달려온 동생의 표정에는 피곤해서가 아니라, 앞으로 닥칠 일들에 대한 염려가 뒤섞여 있었다. 그러니까 심증은 있는데 물증이 없는 상황. 동생도 어느 정도 내가 희귀병인 '말단비대증'일 거라는 느낌을 갖고 있는 것이다.

검사가 끝났는데도 비는 계속 내리고 있었다. 따끈한 국물이 당겼다. 점심으로 부대찌개를 먹으러 갔다. 마주 앉은 우리는 말없이 찌개가 끓어오르기를 기다렸다. 달리 할 말이 있는 것도 아니지만 이런 날엔 무슨 말을 해도 우울해질 것만 같았다. 가만히 우리는 김이 오르기 시작하는 찌개를 보았다.

생각해보면 동생이 힘들 때 나는 곁에 없었다. 중학교 3학년 때의 일이다. 나와 동생은 세 살 터울이니까, 그에게는 초등학교 6학년 때의 일이다. 부모님은 이박 삼일로 부부동반 여행을 갔다. 동생이 배가 아프다고 했는데, 나는 무심했다. 부모님이 없는 금요일, 그 순간을 놓칠 수 없었다. 나는 시내에서 친구들과 놀았다. 이후 동생을 본 건 집이 아니라 병원에서였다.

집안일을 도와주던 아주머니가 있었는데, 동생이 배가 아프다며 데굴데굴 구르자 119를 불러 병원으로 데려간 것이다. 맹장이 터진 동생은 응급 수술을 했다. 뒤늦게 병원으로 달려갔을 땐 저녁이었다. 수술을 마치고 병상에 누워 있는 동생을 보았다. 동생의 표정에는 안도와 함께 왜 이제 왔냐는 원망이 서려 있었다.

미안했지만, 내색하진 않았다. 말없이 앉아 있었다. 텔레비전 소리만 병실을 채우고 있었다. 문이 열렸다. 연락을 받고 달려온 부모님이었다. 동생이 무사한 걸 알았기 때문일까, 부모님 역시 담담하게 그를 바라보았다. 울음보 터지는 소리가 났다. 동생은 그제야 울기 시작했다. 두려웠던 것이다. 긴장이 풀린 동생은 펑펑 울었고, 엄마는 그를 안아주었다.

동생이 편도선 수술을 했을 때, 곁에 나는 없었다. 동생이

고등학교를 졸업할 때, 그때 나는 군대에 있었다. 동생이 군대에 갈 때, 나는 어디에 있었을까. 입소하는 동생을 배웅하지 못했다. 문득 내가 군대 간 날이 떠올랐다. 고등학생이던 동생은 울면서 학교로 향했다. 그 모습은 아직도 생생하다. 동생은 물론 가족들이 힘들어하던 때를 떠올려보았다.

"제수씨는 잘 있고?"

동생은 고개를 끄덕였다. 보글보글 찌개가 끓어올랐다. 그래도 나보다 먼저 결혼한 동생의 예식에는 용케도 갔다. 나는 건더기를 듬뿍 넣은 접시를 동생에게 건넸다. 라면 사리를 후후 불어 먹으며 동생이 대뜸 말했다.

"아, 쐬주 한잔해야 하는데, 그치?"

우리는 사이다를 가득 채운 잔을 들고 건배했다. 누군가 힘들 때 꼭 곁에 있어줘야 하는 건 아니다. 그러나 그가 소중한 사람이라면 달라진다. 그때마다 나는 어디에 있었을까. 그들이 힘들 때 나는 아무것도 모르고 희희낙락하고 있었던 것만 같아, 겸연쩍어졌다. 그리고 사실 한 번도 깊게 생각해본 적 없는 것 같아서, 부끄러웠다.

"잘 먹었다."

우리는 함께 우산을 쓰고 걸었다. 아침까지만 해도 걸음마다 빈칸이었는데 속이 든든해서일까, 걷는 동안 마음이 따듯해졌다. 없던 계단 하나가 생겨난 것만 같았다. 어쩔 도리가 없는 '없는 계단'에 연연하는 게 중요한 게 아닌 것이다. 우리는 늘 조금씩 부족하니까, 홀로 채울 수 없는 마지막 한 칸을 서로가 채워주고 있는 게 아닐까. 어쩌면 오늘 비가 오는 게 잘된 일이라고 생각했다. 나는 동생 쪽으로 우산을 기울였다. 어깨가 젖어도 기꺼이 좋았다.

주차장에 이르러 우리는 짧은 인사를 한 뒤 헤어졌다. 만약 좋지 않은 검사 결과가 나온다면, 쉽진 않겠지만 잘 견뎌낼 수 있을 것만 같았다. 동생이 사라진 곳을 잠시 바라보다가, 나는 그에게 짧은 문자를 보냈다.

'고마워.'

누구나 중심은 일렁인다

08:00

세브란스 병원에 가기 위해 지하철을 탔다. 출근하는 사람들로 객차 안은 붐볐고, 후텁지근했다. 두터운 스웨터를 입은 터라 더 그랬다. 신촌역에서 내려 병원으로 가는 걸음마다 생각했다.

정말 병에 걸린 걸까?
그렇담 이유가 뭘까?
도대체 왜 하필 나일까?

아냐, 아닐 수도 있지 않을까?

물음은 꼬리에 꼬리를 물고 늘어지는데, 어느새 병원에 다다랐다.

경기도 이천에서 두 시간을 운전해서 온 엄마를 만났다. 진찰 순서를 기다리며 우리는 조용히 앉아 있었다. 처음에는 병원에 오겠다는 엄마를 말렸다. 나 때문에 아침부터 먼 길을 달려올 엄마의 고단함을 생각하면 미안했다. 그러나 끝내 엄마를 마다할 수는 없었다. 의사의 진단을 나 혼자 감당할 수 없을 것 같기도 했고 함께 의사의 말을 들어야 그래도 얼마간 엄마의 마음을 진정시킬 수 있을 것 같았다. '말단비대증'이 희귀병이지만 불치병이나 난치병은 아니니까 말이다.

엄마는 슬며시 내 손을 잡았다. 나는 병에 대한 두려움도, 거기서 비롯되는 죽음에 대한 공포도 느낄 수 없었다.

09:30

내분비내과 주치의를 만났다. 그간 나는 갑상선 초음파, 소변, 혈액 검사 등 갖가지 검사를 받아왔는데 의사는 차분하게 내 차트를 살펴보다가 말을 꺼냈다.

"말단비대증이 맞군요."

우려한 일이나 생각지 못한 일을 맞닥뜨렸을 때, 처음 하게 되는 생각이 있다. '정말로?'라는 의문이나 '아닐 거야'라는 현실 부정이다. 일찍 나가야 하는데 알람을 못 듣고 늦게 일어났을 때, 지갑을 잃어버렸을 때, 애인이 헤어지자고 했을 때 등등 지금까지 살면서 그런 의문과 부정의 순간이 참 많았다.

일상에서 크게 벗어난 어떤 부정적 사건이 벌어지거나 불행이 들이닥쳤을 때, 우리는 그것을 아무 일도 아닌 것처럼 되돌리고 싶어 한다. 일상을 찢고 튀어 오른 그것을 다시 덮지 않으면, 찢어진 일상은 다시 회복될 수 없으니까. 평범했던 내 삶으로 돌아갈 수 없으니 말이다. 본능적으로 '나'의 삶을 방어하게 되는 것이다.

나는 병의 원인이 뭔지 의사에게 묻고 싶었지만 입을 꾹 다물었다. 그도 모를 테니까. 희귀병이니 아무도 모를 테니까. 나는 애써 태연하게 의사의 말을 들었다.

"다행히 합병증에 의한 큰 문제는 없네요."

성장호르몬을 관장하는 뇌하수체에 종양이 생겨 문제가

되는 병, '말단비대증'은 성장이 멈춰야 하는데 멈추지 않는 병이다. 뼈는 물론 내장까지 비대해져서 고혈압, 당뇨, 전립선암, 대장암 등 각종 합병증이 가장 무서운데, 그런 문제는 없다는 것이다.

MRI 촬영 사진을 보았다. 나의 뇌를 펼쳐놓은 사진은 처음 보았다. '저게 나라고?' 나이지만, 내가 한 번도 본 적 없고 실제로 볼 수 없는 나의 모습, 그 한가운데에 종양이 있었다. 그것은 생각보다 컸다. 2.8센티미터라고 했다. 손가락 마디 하나쯤 되는 게 내 머릿속에 있다니, 아찔하고도 아득했다. 서서히 어두워지는 상영관에 홀로 앉아 있는 것 같기도 했다.

'이게 내 머릿속에 있는 종양이라고? 이딴 병은 왜 생기는 거지? 왜 걸리는 거지? 왜 나지? 왜 하필….'

누구에게 물어볼 수도 답을 들을 수도 없는 질문. 나는 그것을 속으로 수없이 되물었다. 울음이 차올랐다. 더 이상 앉아 있기가 힘들었다. 더구나 엄마 앞에서 울고 싶지는 않았다. 화장실로 향했다. 참아온 슬픔의 둑이 끝내 무너져버렸다. 나는 슬펐고, 소리 죽여 울었다.

캔은 캔끼리 페트는 페트끼리

미루고 미루다가 결국은 해야만 하는 것이 있다. 자취방에서의 주말이 그랬다. 원하건 원치 않건 쓰레기 분리수거를 하면서 나는 문득 궁금해졌다. 이것들은 처음부터 재활용될 운명이었을까?

나는 손에 쥔 페트병을 보았다. 정해져 있는 것에 대해서라면, 평소 자주 쓰는 말이 떠오를 수밖에 없었다. "걔? 원래 그래." "원래부터 그랬어."

원래. 누군가에 대해서, 무엇에 대해서 얘기하다가 무심코 내뱉게 되는 말. 그때마다 나는 뜨끔하곤 했다. 원래라는 말을 쓰면 누구든, 그에 대해 고정관념을 갖게 되는 것만 같았다. 처음부터 정해진 건 없는 건데, 이렇게도 저렇게도 생각해 볼 수 있는 건데, 더구나 사람은 입체적인 존재여서 제각각 입장이 있고 그 안에서 그만의 맥락이 있을 수 있는 것인데, 누군가에 대해 손쉽게 입장 정리를 해버리는 것 같았다. 그래서 나는 '원래'라는 말을 내뱉을 때마다 아차 했다. 다시는 그 말을 쓰지 말아야지 했다.

근데 자꾸 생각났다. 캔은 캔끼리 페트병은 페트병끼리 분리수거하면서 처음부터 정해진 자리를 곱씹었다. 원래, 원래…. 나는 애당초 큰 병에 걸릴 운명이었던 걸까. 정말 그런 걸까. 그리고 종류별로 재활용품의 입장 정리가 끝났을 때, 나는 그것들을 뒤섞고 싶은 마음이 들었다. 골목에 아무렇게나 던져버리고 싶은 욕구까지 치솟았지만 모난 마음을 꾹꾹 눌렀다. 슬리퍼를 신고 쌀쌀한 가을밤을 느끼며 현관을 나섰다. 속으로 '춥다, 춥다'를 되뇌며 계단을 내려가는데, 얼마 안 가서 자리에 풀썩 주저앉았다.

슬리퍼가 문제였다. 시멘트 계단 아래에 벗겨진 슬리퍼 한 짝을 멍하니 바라보았다. 뾰족해진 마음을 다잡고 재활용을 하러 나섰건만, 뒤집힌 슬리퍼를 보면서 나는 고개를 숙였다. 퉁퉁 부은 내 발이 보였다. 못생긴 맨발을 보고 있는데, 센서등이 꺼졌고 나는 종이 백에 넣어 들고 있던 재활용 쓰레기를 내려놓았다.

그 순간 다시 불이 켜졌다. 맨발이 보였다. 슬리퍼를 신고 있는 한쪽 발도 보였다. 언제부터였을까. 그냥 그러려니 하고 신어왔는데, 언제부턴가 신발 사이즈가 맞지 않았다. 다 불은 면발 같은, 탱탱하게 부푼 곱창 같기도 한 내 발과 발가락을 보았다. 그사이 불은 또 꺼졌다. 자리에 주저앉자 다시 불이 들어왔다. 한 걸음 앞에 덩그러니 놓인 슬리퍼. 문득 그때가 떠올랐다.

봉천동의 친구 집에 얹혀살 때부터 손가락이 빼근한 증상은 더 심해졌다. 손은 늘 붓기가 가득했는데, 아침마다 손가락은 더 부어서 빳빳하니 움직이지 않았다. 그러다가도 별 이상없이 정상으로 돌아왔다. 나는 대수롭지 않게 생각했다.

인터넷에서 증상을 찾아보았다. 류머티즘에 대한 내용이 많았다. 류머티즘 전문 병원을 찾아갔다. 내 몸의 증상에 대해 심각하게 느껴 병원을 찾아간 건 그때가 처음이었다. 피를 뽑았고 며칠 뒤 검사 결과를 들었다. 의사는 수치상으로는 아무 문제가 없다고 했다. 그럼 왜 이런 증상이 나타나는 건지, 의아했다.

거기까지였다. 시간이 지나면 나아지겠지 생각했다. 나는 금주를 선언했다. 주변 사람들은 '괜찮아'를 연발하며 술을 권했지만 끝내 한 잔도 마시지 않았고, 그리고 그날 밤이 왔다. 확실치는 않지만, 심정적으로 나의 병에 대해 알게 된 그날.

대학원생인 나는 작은 문학 행사 일을 도왔다. 공연을 마치고 스태프와 출연진은 저녁 식사 겸 뒤풀이를 했다. 닭갈비집에서 자연스레 술잔이 오갔다. 내 앞에도 잔이 놓였다. 술잔 앞에서 나는 나와 타협하기 시작했다. 먹고 죽은 귀신이 때깔도 좋다는데, 몇 잔은 괜찮겠지…. 갈 사람은 가고, 몇몇만 술자리에 남았다. 옆자리에 있던 공연 출연자가 내 손을 보고 놀랐다.

"손이 정말 크네요?"

나는 늘상 그렇듯, 농담 타임이 돌아왔구나 싶었다. 사람들은 내 손을 보며 언제나 비슷한 말을 했다. "네 손에 한 대 맞으면 큰일 나겠다", "복싱해야 할 손인데?", "보영이한테 조심해야겠다", "너는 손으로 못하는 게 없겠다", "귀엽다"라고 말이다. 그럼 나는 늘 되물었다.

"그렇죠?"

나는 손을 펼쳐 보였다. 내가 봐도 손이 오동통하니 참 컸다. 주먹을 쥐고 복싱을 하는 시늉을 했다. 사람들은 웃거나 감탄했다. 화기애애한 분위기 속에서 같이 일한 친구가 내 손에 대해 농을 치며 낄낄 웃었다. 그때 유일하게 심각한 표정의 한 사람이 있었다. 공연 일이 있을 때마다 보는 스태프 형이었다. 취기가 오른 그는 대뜸, 내 손에 대해 농담을 하던 친구에게 화를 냈다.

"넌 지금 웃음이 나오냐? 친구가 아픈 것 같은데, 네 친구를 장례식장에서 보고서야 정신 차리고 후회할래?"

정색한 형에게 친구는 당황한 표정이었고, 나는 어색함을 피하려고 말했다.

"형, 제가 원래 손이 좀 커요."

형은 잠시 나를 노려보더니 다시 말했다.

"보영아, 내가 사람을 잘 못 알아봐요. 안면인식장애가 좀 있거든. 근데 너는 매번 볼 때마다 얼굴이 바뀐다? 너도 알지? 지금 너 부정교합까지 왔잖아."

정확한 말이었다. 나는 어느 날 호프집에서 강냉이를 먹다가 왼쪽 어금니 모서리가 깨졌다. 별 재수 없는 일이 다 있네 했지만 나중에 알고 보니 서서히 윗니와 아랫니가 틀어지고 있었다. 음식물을 씹는 게 불편할 정도가 돼서야 입과 턱에 문제가 있음을 알았다.

"야, 넌 친구가 아픈 것 같으면 진지하게 병원에 한번 가보라고 해야 하는 거 아니냐? 설령 보영이가 안 간다고 해도 네가 끌고서라도 병원에 데리고 가야 하는 거 아니냐? 그러고도 네가 친구냐?"

형은 다시 친구에게 쏘아붙였고, 친구는 어찌할 바를 몰랐다. 이어서 형은 나를 보며 말했다.

"보영아, 너 진짜로 병원 가봐. 욕먹어야 할 사람은 바로 너야. 왜 이렇게 몸에 무감각해. 너 말단비대증인 것 같아. 알아? 말단비대증?"

그 병에 대해 형이 어떻게 알고 있었는지 모르겠지만, 어쨌든 그때 나는 나의 병명에 대해서 처음 들었다. 친구는 핸드폰으로 병을 검색해보았다. 몸의 골격이 커진다. 눈두덩이 부분이 튀어나오고, 광대뼈와 턱뼈가 커진다. 부정교합이 온다. 손과 발이 커진다. 신던 신발이 맞지 않는다….

믿고 싶지 않지만, 모든 증상이 나와 맞아떨어졌다. 내 몸은 몇 해 동안 급격히 커졌다. 특히 많이 붓고 얼굴도 변했다. 친구는 내게 '말단비대증'에 걸린 사람의 손을 보여줬다. 내 손과 같았다. 방금 전까지 농담 따먹기의 대상이 된 그 손이었다. 나는 애써 태연하게 웃었지만, 직감했다. 무언가 단단히 잘못되었다는 걸. 병명이 머릿속에 맴돌았다. 말단비대증, 말단비대증. 집으로 돌아가는 길에도 계속 중얼거렸다. 말단비대증, 말단비대증. 아닐 거야….

몇 칸의 계단을 내려와서 뒤집힌 슬리퍼를 바르게 신었다. 오래 끓인 어묵처럼 퉁퉁 부은 발은 슬리퍼에 껴 있다시피 했다. 나는 맞지도 않는 걸 언제부터 꾸역꾸역 신어왔을까. 아무리 생각해봐도 모르겠다. 언제부터였는지 정말 모르겠다.

분리수거를 끝내고 원룸으로 돌아와 신발장을 열었다. 결혼식장, 장례식장에 갈 때나 신는 구두 한 켤레, 전 애인이 두고 간 운동화 한 켤레, 최근에 산 운동화, 그리고 언제 마지막으로 신었는지 가물가물한 운동화가 있었다.

오래된 운동화 세 켤레를 꺼냈다. 하나를 집어 신어보았다. 맞지 않았다. 차례로 다른 걸 신어보았다. 역시 맞지 않았다. 마지막 운동화를 집어 끈을 최대한 헐렁하게 풀었다. 어떻게든 신어보려 해도, 신을 수 없었다. 커져버린 발은 운동화의 중간쯤에서 더는 들어가지 않았다. 정말 어찌해볼 수 없는 일이었다.

현관에 주저앉아 얼마나 낑낑거렸을까. 내 주변에는 맞지 않는 오래된 운동화가 널브러져 있었다. 나는 이제 어떻게 되는 걸까. 더 이상 아무것도 할 수 없을 것만 같았다. 왜일까? 슬프지 않은데, 정말로 안 슬픈데 눈물이 났다. 그동안의 내 모든 걸음들이 헛수고가 된 것만 같았다.

눈물을 닦은 나는 버려지는 것만 같은 기분을 느끼며, 옛 신발들을 모아 재활용 박스에 넣어두었다.

얼룩말과 사자

"아이고, 얼마나 아플까."

청소를 하다가 TV 앞에 앉은 엄마의 말. TV에서는 〈동물의 왕국〉이 방영되고 있었다. 초원이 펼쳐져 있었다. 얼룩말 한 마리가 작은 늪에 빠져 있었다. 사자 무리가 얼룩말을 포위했다. 네 다리가 반쯤 늪에 잠긴 얼룩말은 옴짝달싹 못하고 있었다. 사자 한 마리가 얼룩말의 엉덩이 부분을 물어뜯었다. 아무 저항도 할 수 없는 얼룩말은 늪에 서 있을 뿐이었다.

"어쩌니…."

엄마는 계속 안타까워했다. 나는 의아했다. 엄마와 TV 속

장면을 번갈아 보았다. 나는 무덤덤하게 얼룩말의 최후를 바라보았다. 얼룩말이 얼마나 고통스러운지보다는 엄마의 말들이 더 궁금했다. 얼룩말을 보고 엄마는 왜 슬퍼할까. 그때의 나는 이해가 되지 않았다. 사자니까 얼룩말쯤은 잡아먹을 수 있는 거 아닌가. 얼룩말이라면 응당 강자에게 잡아먹힐 수밖에 없는 거 아닌가. '약한 자는 강한 자에게 잡아먹힌다.' 이게 동물 세계의 법칙 아닌가. 나는 사자가 얼룩말이나 물소의 목덜미를 물고 늘어지는 강자의 힘, 맥없이 쓰러진 초식동물을 씹어 먹는 사자의 호쾌한 쾌감만을 생각했다. 붉은 피가 줄줄 흘러내리던 얼룩말의 엉덩이를 보면서, 전혀 공감할 수 없었다. 그러니 얼룩말의 아픔이, 또 죽음이 무엇인지에 대해 생각조차 할 수 없었다.

풀썩 늪에 쓰러진 얼룩말. 그것이 내게 각인된 죽음에 대한 첫 기억이다. '죽음'이라는 단어를 발음하면 그때의 얼룩말이 내 머릿속에서 죽어가고 있다. 몸부림치지도 못하고 죽어가던 얼룩말. 밑도 끝도 없이 죽음을 떠올리다 보면, 그 얼룩말에게 내내 미안해진다. TV 속 그 얼룩말을 내가 어떻게 구해줄 수 있는 건 아니지만, 그래도 아무렇지 않은 마음으로 '어쩌라고'와 같은 태도는 잔혹했던 게 아닐까.

도처에 늘 죽음이 있다. 하다못해 길을 걷다가 개미를 밟는다든가, 짝! 하고 모기를 잡는다든가, 모든 건 죽음으로 귀결된다. 도로에 보이는 어제의 교통사고 사망자수 표지판을 볼 때도 마찬가지다. 끊임없는 죽음의 사슬 속에서 나는 살아가고 있다.

그러나 그동안 나는 누군가의 죽음도 그렇고, 나의 죽음도 한 번 제대로 생각해본 적이 없다. 어제의 사망자수 도로 표지판을 보면서 제일 먼저 든 생각은 '그렇군'이었다. 뒤이어 따라온 생각은 '나는 괜찮다'였다. 그 이상 신경 쓰지 않았다. 그냥 그런가 보다 했다. 그건 나만 아니면 된다는, 무책임한 이기심이 아니었을까.

희귀병에 걸린 이제야 죽음이란 무엇인지 생각한다. 웃긴 것은, 그 와중에도 타인의 시선이 궁금해진다는 것이다. 사람들에게 내 죽음이 어떻게 비칠까. TV 속 얼룩말을 보던 어릴 때의 나와 같은 생각은 아닐까. 내가 죽는다고 한들, 나를 기억하는 사람이 있을까. 수많은 죽음을 그냥 지나쳐온 것처럼, 그들도 역시 내 죽음을 지나쳐 가겠지? 두려워지기 시작한다.

나는 이제야 숙연해진다. 그동안 충분히 애도하지 않은 죽음들, TV 속에서 보던 대형 재난과 같은, 미처 열거할 수 없는 죽음들에 대해서, 고개를 숙인다.

살점을 뜯어 먹히는 얼룩말의 고통에 공감하기 시작한 게 정확히 언제부터인지는 모르겠다. 어쩌면 아직도 그 아픔을 다 알 수는 없겠지만, 적어도 이제는 초원을 달리는 포식자의 이빨에만 집중하지 않는다. 가만히 있다가도 종종 그때 그 TV 속 장면이 떠오른다. 맥없이 쓰러져 죽어간 얼룩말의 슬픔을 자꾸 생각하게 된다. 얼룩말, 얼룩말, 얼룩말.

이반 일리치와 눈부시게 아름다운 저녁

여느 때와 다름없이 대학원 스터디가 끝나고 학교 언덕을 내려왔다. 서울의 저녁은 낮보다 더 분주해 보였다. 꽉 막힌 도로에 늘어선 차들, 붉은 불빛, 간간이 들려오는 클랙슨 소리…. 건물 창마다 불이 들어오면서 서울의 야경은 완성되고 있었다.

그 풍경은 역설적이게도 참 아름다워서 이렇게 아름다워도 되나, 마음 한구석이 몽글몽글해진 나는 알 수 없는 기분에 젖어 있었다. 괜히 센티해진 그 느낌은, 아마도 나만 바쁘고 힘든 게 아니라는, 익명의 사람들과의 묘한 동질감에서 오는 안도가 아니었을까.

톨스토이의 소설 『이반 일리치의 죽음』에서 주인공 이반이 죽은 뒤 사람들이 하는 생각이 있다. '죽은 사람은 이반 일리치지 내가 아니야.' 소설의 줄거리를 간단히 정리하자면, 판사인 이반 일리치가 불치병에 걸려 죽게 되는 이야기이다.

병에 걸리기 전까지 이반의 사회적 삶은 남부러울 것 없었다. 그는 오로지 사회적으로 보여지는 자신의 모습에 치중해 살아왔는데, 인기 있고 유능한 판사로서 남들에게 큰 인정을 받았다. 이반은 그만큼의 부와 명성을 등에 업은 채 살았으며, 승진과 더불어 더 많은 돈을 좇았다. 그런 그에게 '죽음'이란 건 누구나 다 알고 있는 것처럼 '언젠가 사람은 모두 죽는다'는 일반적인 것이었다.

그러나 불치병에 걸리게 된 이반은 절망에 빠져 절규한다. 죽음에 대한 그의 시선과 태도는 완전히 달라진다. 이반은 한 번도 돌아보지 않았던 자신의 삶을 돌아보게 된다. 마침내 그는 "그래, 이제 죽음은 끝났다!"라는 내면의 목소리를 들으면서 죽음을 맞이하게 된다. 이반의 죽음 뒤, 사람들은 생각한다. '그는 죽었지만 나는 이렇게 살아 있다.' 사람들 모두 '내'가 살아 있다는 사실에 대해 안심할 뿐이며, 이반의 죽음으로 공석이 된 자리를 자신이 꿰차게 될 것이라 생각한다.

다시 생각해보면, 야경을 보면서 든 감정은, 안도감일 수도 있지만 '다들 바쁘구나. 그러니까 나도 질 수 없지', 달리 말해서 '쉴 수 없지'라는 씁쓸한 동질감 또한 희석되어 있던 게 아니었을까. 집에 가는 길 내내 불안한 마음이 가시지 않았다.

버스를 타고 매일 건너던 다리가 낯설어 보였다. 강물에 젖은 채 흘러가는 도심의 불빛들을 보다가 차창에 비친 내 모습을 빤히 바라보았다. 나는 지금 어디쯤에 이르러 있는 걸까. 정류장에 내려 천천히 걸음을 옮기면서 수술까지 얼마나 남았는지 세어보았다. 삼십여 일이 남아 있었다.

당신의 운명을 알려드릴게요

"이 오빠, 고집이 장난 아닌데?"

처음 만난 그녀의 말에 나는 말없이 웃으며 고개를 끄덕였다. 이십 대 중반인 그녀는 나를 유심히 보았다. 나도 그녀를 보았다. 허리께까지 오는 곱슬머리의 그녀가 말을 이었다.

"예술을 계속할 건지, 사업을 할 건지, 뭘 할 건지, 갈팡질팡하고 있는 것 같은데."

나는 또 고개를 끄덕였다.

"예술 하는 거 힘들지?"

다시 고개를 끄덕였다. 그녀는 핸드폰으로 한자 가득한 앱을 켰다. 내 생년월일과 태어난 시간을 입력했다. 그녀는 핸드폰을 골똘히 들여다보았다. 고개를 갸웃하는 그녀를 보면서 나는 조금 긴장되었다. 그렇다고 마냥 걱정 가득한 긴장은 아니었다. 설렘도 좀 섞여 있었다. 장난감 상자를 든 아이의 마음이라고나 할까.

그녀는 신점을 보는 사람이었다. 친구가 아는 사람을 통해서 재미 삼아 신점을 보았는데, 신통하기가 이루 말할 수 없다며 나의 호기심을 자극했다. 정말 나에 대해서 잘 꿰뚫어 볼 수 있는지 궁금했다. 지금 내가 잘하고 있는지 그리고 앞으로의 미래가 궁금했다. 그동안 내가 해온 일들, 구체적으로는 글쓰기. 이에 대한 뚜렷한 결과도 없으니, 시간이 지날수록 전망이 어두워 보였기 때문이다. 서른의 시점에서, 나는 이대로 괜찮은가. 계속 글을 써도 되는가. 나날이 정신적 스트레스가 가중되었다. 나는 어떤 확고한 조언을 듣고 싶었다.

근데 생각해보면 좀 웃긴 일이다. 신점이라는 것은 영(靈)적인 것으로서 납득 가능한 논리의 차원이 아니다. 그것은 전적으로 감(感)에 의한 것이다. 그러니까 알 수 없는 미래처럼 신점 또한 알 수 없는 것인데, 나는 그것을 통해서 내 미래를 확증받겠다고 온 것이다. 신점을 통한 미래 보기. 기호로는 이렇게 표현해볼 수 있지 않을까. ?+?=??

나는 '바짝' 긴장되거나 무섭진 않았는데 공간이 주는 편안함 때문이었다. 점을 보는 곳이라고 하면 후미진 곳의 주택이 떠오른다. 오방색 깃발이 내걸려 있고, 방 안엔 코가 매운 향초가 타오르고 있고, 가부좌를 튼 불상이 놓여 있다. 불상은 안 그래도 매서운 눈매인데, 아이라이너를 눈꼬리까지 날카롭게 치켜올려 그려놓았다. 그 불상 아래에 짙은 눈 화장을 한 무당이 못마땅하다는 듯 앉아 있다. 여기까지가 평소 생각하는 점집과 무당의 모습인데, 내가 점을 보는 공간은 예쁜 카페이고 내 앞의 그녀는 시폰 원피스를 입고 앉아 있다.

"흐음."

나는 그녀와 잠깐 눈을 맞췄다가 시선을 테이블 쪽으로 내리깔았다.

"오빠는 예술을 하면 큰돈 못 벌어. 하고 싶으면, 그래 뭐 해도 되지. 근데 잘 안 돼."

나는 좀 뜨악했다. 내가 듣고 싶은 말을 해주지 않아서였다. 듣고 싶은 말이라면 '계속 글을 써봐', '잘 될 거야'이다.

"오빠는 칼을 써야 해."

'칼?!' 내가 칼을 쥐어본 거라곤 자취할 때뿐이다.

"도구를 쓰라는 말인가요?"

나는 그녀에게 되물었다. 아기 동자를 모시고 있다는 그녀는 어린아이의 목소리를 내며 답했다.

"그래 도구. 그중에서 칼. 오빠는 식당, 이왕이면 횟집을 하는 게 좋아."

과일도 제대로 못 깎아서 감자 칼로 깎는 나다. 그런데 대관절, 살짝 스치기만 해도 살점이 뭉텅이로 잘려 나가는 회칼을 쥐라니? 갸웃하는 내 표정을 읽은 것인지 그녀는 선로를 살짝 틀었다.

"아니면 예술을 한다고 했으니…."

나는 뜸을 들이는 그녀의 말을 잠자코 기다렸다.

"가위를 쥐어. 미용사가 어울리겠어."

"이 손으로 가위를 쥐라고요?"

소시지처럼 통통한 내 열 손가락을 본 그녀는 대뜸 타로 카드를 섞기 시작했다. 신점과 더불어 타로를 함께 보는 그녀는 임의로 타로 카드 다섯 장을 뽑았다.

"이것 봐, 이것 봐. 예술이나 공부 쪽은 오빠랑 안 맞아."

그녀는 타로 카드에 나온 그림을 보여주며 설명을 이어갔는데, 그림들은 대체로 부정적인 것들이었다. 결국 예술을 하면 안 된다는 뜻이었다. 나는 속으로 '응?' 하고야 말았다. 뽑은 타로 카드 중 네 장은 간단명료하게 풀어주었으나 남은 한 장은 달리 설명이 없었다. 그녀는 그대로 카드를 섞어버렸다.

만약 그녀가 나를 간파했거나 내가 듣고 싶은 말을 해주었다면 큰 의심은 갖지 않았을 것이다. 아니, 직업 추천의 이유가 좀 더 그럴싸했더라면 그러려니 했을 것이다. 그러나 계속된 그녀의 추천은 나로서는 좀 수긍하기 어려웠다.

"아직 이 년 남았어. 돈 벌 수 있는 기회가 이 년 남았으니까. 아니면 경찰이나 소방 공무원 준비를 해."

'경찰? 소방?! 아까는 공부하지 말라면서….'

"아니면 지게차나 포클레인 기사를 해봐. 오빠 사주에는 돌이 있으면 좋아."

'지게차?! 포클레인?!'

별의별 직업군이 다 나왔다. 그리고 그녀는 자기 얘기를 하기 시작했다. 졸지에 나는 그녀가 어릴 때 뭘 했는지, 어쩌다 신내림을 받게 됐는지, 이후 지금까지 어떤 삶을 살아왔는지 알게 됐다. 심리 상담을 전공했다는 그녀는 해맑게 웃으며 아이 목소리를 왔다 갔다 했는데, 나는 금방 피곤해졌다. 신점을 보는 한 시간 동안 그녀의 얘기를 삼십 분 넘게 들은 뒤, 복채를 주고 자리에서 일어났다.

친구와 점집을 나왔다. 거리를 천천히 걸으면서 하늘을 올려다보았다. 회색 구름이 빠르게 한쪽으로 몰려가고 있었다. 한숨이 절로 나왔다. 친구는 뭐가 그리 재밌는지 아이처럼 킥킥거리며 나를 보았다. 그런 친구를 보며 나는 말했다.

"너, 회 좋아하냐? 연어 덮밥이나 먹으러 가자."

나와 친구는 일식집에 들어갔고, 막상 회를 먹으려니 왠지 꺼려져서 돈가스를 주문했다. 음식을 기다리면서 나는 그녀가 했던 말들을 다시 정리해보았다. 많은 직업군이 나왔으나, 결론은 '예술은 하지 말라'였다. 그러나 나를 꿰뚫은 게 있기는 했다. 고집이 장난 아니라고 한 것은 맞았다. 그리고 문득 돌을 가까이하라는 말이 떠올랐는데, 시시포스 신화가 연상되었다.

신화의 자세한 내용은 차치하고 시시포스의 행위에 집중해 말해보자면, 그는 실패의 상징이라고 할 수 있다. 그는 큰 바위를 산꼭대기까지 밀어 올린다. 그러나 바위는 다시 굴러 떨어진다. 원점이다. 그는 다시 바위를 밀어 올린다. 시시포스는 그 일을 반복해야 한다. 실패할 것임을 알면서도 바위를 끌고 산을 오른다. 그것이 형벌임을 떠나서, 인간의 굴레라고 생각해본다면 우리는 늘 실패의 반복 속에서 일말의 가능성을 엿보는 존재들이라고 할 수 있지 않을까. 어쨌든 결과적으로 그녀는 나를 꿰뚫기는 했다. 나는 결국 고집을 부릴 것이다. 기꺼이 실패를 자처할 것이다.

음식이 나왔고, 나는 카레라이스를 먹는 친구에게 농담을 던졌다.

"제주도나 한번 가자. 몽돌해수욕장에 돌이 엄청 많다더라."

글 잘 쓰네

학부 시절 한 선배가 죽었다. 평소 가까운 사이는 아니었지만, 그렇다고 아예 서로에게 무관심했던 건 아니다. 수업을 오며 가며 종종 대화를 나눴다. 그때마다 선배는 늘 무엇인가를 골똘히 보고 있는 듯했다. 그러니까 문학 외에 다른 것은 보이지 않는 사람처럼 보였다. 문학을 대하는 그의 자세는 진중했고 누구보다 진지했다.

선배에 대해 인상 깊은 기억이 몇 개 있는데, 그중 가장 뇌리에 남는 건 같이 밥을 먹었을 때다. 기숙사에서 우연히 만난 우리는 나란히 앉았다. 내 식판에는 밥이 한가득이었는데 선배의 식판에는 밥이 얼마 없었다.

"선배, 진짜 조금 먹네요?"

다이어트라도 하는 건가 싶었는데 돌아온 선배의 말은 의외였다.

"많이 먹으면 이따 오후 수업 때 졸려."

낮잠을 부르는 참 여리고 부드러운 목소리였다. 나는 선배의 말에 대꾸하지 못했다. 그저 '아…' 하고만 있었다. 나는 내 식판에 있는 밥을 바라보았다. 왠지 다 먹으면 안 될 것 같았다. 그날 나는 본의 아니게 밥을 남겼다. 이후 점심시간만 되면, 식판에 밥을 담을 때마다 선배의 말이 생각났다. 선배는 뭔가 공부하는 데 모범이 되는 사람인 것 같았다.

두 번째로 기억에 남는 건, 선배가 내게 넌지시 건넨 말이다. 역시나 온화한 목소리로 선배는 말했다.

"글 잘 쓰네."

참 침착한 톤이었다. 선배는 그 후로 내 글에 대해 더 이상 가타부타하지 않았다. 나는 그런가 보다 했다. 그런 선배가 죽었다는 소식을 들었을 때, 고백하건대 삼가 고인의 명복을 빈다거나 슬픔에 잠긴 게 아니었다. 변명이 될 수는 없겠지만, 문학을 하는 사람들의 고질병이라고 해야 할까. 내 머릿속에 맨 처음 떠오른 것은 '왜일까'였고, '어떻게 죽었을까'였다.

선배의 장례식장은 조촐했다. 한산했다. 사흘 뒤 발인을 했고 선배는 가루가 되었다. 선배가 화장되는 동안 나는 주차장 구석에 앉아 담배를 태웠다. 길게 담배 연기를 내뿜었다. 하늘은 구름 한 점 없이 맑았다. 나는 사실 선배가 죽었다고 했을 때부터, 장례식장을 지키는 사흘 내내, 그리고 발인까지 단 한 번도 울지 않았다. 울음이 나오지 않았다고 해야 할까, 그런데 갑자기 울컥했다. 난데없이 눈물이 치솟았다.

선배는 감정 기복이 심한 조울증이 있었는데 다른 선배의 아파트 베란다에서 떨어져 스스로 목숨을 끊었다고 했다. 담배 피우러 간다고 해놓고 한참을 오지 않았다. 이상해서 베란다로 가보니 바깥 창문이 열려 있었다. 아파트는 구층이었다.

주차장에 쪼그리고 앉은 나는 담배를 버리지도 피우지도 못한 채 손가락에 쥐고 있었다. 떨어진 선배는 뼈가 부러졌고 그것들이 장기를 찌른 게 사인이라고 했다. 그러니까 선배는 바로 죽지는 않은 거다. 선배는 화단에 쓰러져 죽어갔다. 천천히 죽음을 맞이했다.

선배와 나는 추억이 많은 것도 아니고 그리 친하지도 않았다. 그런데 때때로 선배의 유약한 목소리가 떠오른다. 낡은 크로스백에서 소주병을 꺼내던 선배. 문예창작과 건물 앞에 앉아 내게 말하던 선배의 목소리가 들려온다. '글 잘 쓰네.'

최근에서야 깨달은 거지만, 그때 선배의 말은 칭찬이 아니었다. 잘 쓴 글은 건물로 치면 천편일률적으로 다 똑같이 세워진 건물이다. 누가 봐도 반듯하니 잘 만들었다. 예쁘게 지었다.

그러나 글, 나아가 문학, 더 나아가 예술에서 중요한 건 그게 아니다. 뒤죽박죽 형태가 없어도 우리 안에 있는 무언가를 건들고 흔드는, 말하자면 불편한 감정을 일게 하거나 잊고 있던 어떤 것을 다시 한 번 상기시켜주는 것이 중요하다. 그것은 잘 쓴 글이 아니다. 좋은 글이다.

나는 가끔 기술적으로만 글을 쓴다. 글이 안 써질 때 어떻게든 써야 할 때 그렇게 쓴다. 그건 나와의 타협이다. 그때마다 선배는 드문드문 찾아온다. 내게 나긋하게 말한다. '글 잘 쓰네.' 나는 좋은 글을 쓰기 위해 다시 마음을 다잡는다.

어쨌든, 나는 쓴다

이사 준비를 위해 짐 정리를 했다. 서울 생활을 청산하고 고향으로 내려갈 생각을 하니 내가 그동안 무얼 했지 싶었다. 어딘가 막힌 것 같은데, 그게 어딘지 찾을 수 없는 답답함 속에서 나는 여러 칸의 서랍을 정리했다. 서랍장 구석에서 기타 교본과 튜너가 나왔다.

오래전에 기타를 선물 받은 적이 있다. 기타 줄을 연결하고 음정을 맞췄다. 기타 줄은 느슨해도 너무 팽팽해도 안 된다. 적당히 조이는 것이 익숙지 않아 줄을 여러 번 끊어 먹었다. 내가 유일하게 잡을 줄 아는 코드는 C코드였다. 손가락이 아팠다. 나는 금방 질려버렸다. 지금의 서울 집으로 이사 오던 날, 기타의 헤드가 부러졌다. 그 뒤로 다시는 기타를 쳐본 적이 없었다.

교본과 튜너를 빤히 보다가 쓰레기봉투에 넣었다. 더 이상 기타를 칠 일이 없을 것 같았다. 서랍장에는 나도 모르는 것들이 많았다. 고등학교 때 원고지에 썼던 시도 있었는데, 주저 없이 찢어버렸다. 아무것도 몰랐으니까 용감했고 무모했고 그냥 쓰는 게 좋았던 그때의 나를 떠올리면, 쓰레기봉투에 내가 들어가야만 할 것 같았다.

> 기타 교본을 보며 기타 줄 눌렀다
> 이상한 소리였다 더 세게 눌렀다
> 소리는 여전했고 손끝에 붉은 자국 남았다
>
> — 최지인, 「미성년」 중에서, 『나는 벽에 붙어 잤다』

최지인 시인의 시 「미성년」 중 한 구절이다. 그는 고등학교 때 함께 하숙을 했던 친구다. 우리는 함께 시를 썼다. 지하철 노선도를 펼쳐놓고 어디에 갈지 정했다. 일탈하는 것이 가장 큰 즐거움이었다. 한 개 노선을 정하면 종일 그 노선을 따라 돌아다녔다. 지방에서 열리는 고교 백일장에 참가하기 위해서 지방을 전전했다. 나는 내가 보고 느낀 것들을 원고지에 옮겨 적었다. 친구들 중 몇몇은 수상을 했고 매번 나는 떨어졌다. 그래도 하고 싶은 거니까, 하다 보면 될 거야. 스스로에게 책임을 물으면서도 아무것도 하지 않았다. 안양 시내를 활보했다. 나는 가고 싶은 대학에 떨어졌다.

생각해본다. 단지 운이 없었을까. 연필만 쥔 채, 아무것도 하지 않았던 거다. 무엇인가를 쓰기 위해 거리를 활보하고 돌아다녔던 것이 아니라 놀기 위해서 쓴다고 생각했던 것이다. 그 와중에 친구는 썼다. 나는 쓰지 못했다. 아니, 쓰지 않았다. 그는 시인이 되었고 나는 아직 시인이 되지 못했다. 그도 나도 시를 쓰고, 서로의 시를 봐주며 옥신각신한다. 친구는 지면(문예지)에 시를 발표한다. 나는 등단하지 못했으므로 발표하지 못한다. 여전히 시를 쓰기는 하지만, C코드에서 벗어나지 못한 건 아닐까 생각한다. 손끝에 붉은 자국만 남은 채 있는 건 아닐까.

열렬히 쓰려고 한다. 쓸 때마다 음정이나 코드가 맞지 않는 기타의 이상한 소리 같다. 어깨에 힘이 들어가면 글은 엉망이 된다. 또 너무 힘을 빼도 글은 안 된다. 그러나 나는 써야만 하고, 부단히 쓴다. 부러진 기타를 쥐고 있는 것 같아도 소리가 이상해도 스스로에게 자문하면서 쓴다. 글이 무엇인지 아직도 모르지만 과감히 쓰려고 한다. 어쨌든.

이렇게 느슨해져도 괜찮을까

불과 한 해 전에 쓰던 스케줄러를 보면 하루하루 빽빽하게 일정이 적혀 있다. 알아볼 수 없을 정도로 메모가 많다. 평일에는 대학원 수업에 가고 스터디를 하고 조교 일을 하고 과외를 하고, 주말에는 과제를 하고 과외를 했다. 특히나 토·일요일에는 각각 과외만 12시간씩 했다. 그리고 늘 밤을 지새웠다. 그렇게라도 하지 않으면 대학원 수업을 제대로 따라갈 수 없었다.

왜 그렇게 나를 벼랑 끝까지 몰아세워야 했을까. 그때는 그렇게 해야만 할 것 같았고, 그렇게 하지 않으면 대학원과 생계를 이어갈 수 없었다. 근데 구체적으로는 기억나지 않는다. 스케줄러를 보면 영상이 빠르게 넘어가듯이 뭘 했구나, 감지만 할 뿐이다.

주변 사람들은 내가 말수가 적고 조용한 성격인 줄 알지만, 나는 누구보다도 말이 많고 떠들기를 좋아한다. 혹독한 스케줄러의 시절, 습관처럼 뱉던 말이 있다. "여력이 없다, 여력이 없어." 정신없는 시간 속에 스스로를 옥죄면서 말수가 줄어든 것인데, '여력 없음' 그것은 곧 내 삶의 목적이자 목표가 되어 나를 좀먹었다. 그게 내 전부였다.

나는 서서히 말할 여유조차 잃어버렸다. 어느새 사람들은 나에게 '묵직한 사람', '묵묵한 사람'이라는 타이틀을 붙여주었고, 나는 그들이 원하는 '내'가 되어야 했고, 말을 아껴야만 했다. 말을 하지 않는다는 건, 배출되어야 할 감정이 내부에 고이는 것을 뜻한다. 정서적 환기가 차단된 나는 안에서부터 썩어가고 있었다.

한편 가로등 켜진 골목길을 걸어 현관문을 열고 집에 도착했을 때 '오늘 하루도 이렇게 끝났구나' 하는 안도감이 썩 나쁘지 않았던 것도 같다. 뭘 하기는 했으니까 말이다. 그리고 '이렇게 바쁘게 사는데 결국 뭐라도 되겠지'라고 생각했던 것 같다. 지금 와 돌이켜보면, 얼마간의 돈을 모았고 강의 경험과 학업에서 약간의 성장을 이룬 것은 사실이다.

그러나 또 그렇다고 해서 뭐라도 되는 건 아니다. 내가 정말 원하는 것이 무엇인지 망각한 채 흘러왔다. 모든 시작은 '시(詩)'를 쓰기 위해서였는데 나중에 확인해보니 그것은 속이 빈 통조림이었다. 힘들 때마다 끝내 나는 벼랑 끝으로, 그 끝의 끝까지 나를 밀어 넣었다. 그러면서 위무하는 것은 시를 위해서였다. 모든 것은 시를, '좋은 시'를 쓰기 위한 발판 마련이었는데 빽빽한 일들이 시를 쓰게 하는 것은 또 아니었다. 그것들이 나를 가만히 두지 않았다. 결국 처음에 하고자 했던 시 쓰기를 제대로 하지 못했다. 주객전도가 된 것이다.

그나마 요즘은 타인과 대화하는 것이 좀 자연스러워졌다. 사람들에게 나에 대해 말하는 것, 어떤 일이 있었고 고민이 무엇이고 또 하고 싶고 먹고 싶은 건 뭔지 소소한 것들을 털어놓기 시작했다. 그 시작은 희귀병이었지만, 나를 돌아보고 내려놓고 보니 짐 더미 속에 가려져 보이지 않던 것들이 보이기 시작했다. 그리고 그들의 이야기에 귀 기울이면서, 그 사람에 대해 몰랐던 뜻밖의 것들을 알아갈 때가 있고, 나아가 여유로운 어떤 유대감을 느끼게 되었다. 자주 보지 못했던 친구들을 만났다. 이렇게 느슨해져도 괜찮은가 싶지만 당분간은 좋을 것 같다.

아무도 슬퍼하지 않을 시간

그는 나에게 흰 봉투 하나를 내밀었다. 십만 원이 든 봉투였다.

"건강 잘 회복하길 바란다, 보영아."

나는 그를 멍하니 바라봤다. 신동옥 선생님. 시인이자 문학연구자인 선생님은 밥이나 먹으러 가자고 했다. 스터디를 마친 우리는 치킨을 먹으러 갔다. 나는 맥주를 홀짝이며 누가 나를 위해 마음을 써준다는 것에 대해서 곱씹어 생각해보았다. 그것은 내가 살아 있음을 느끼게 해준다. 그러니까 선생님은 내게 살아가야 할 이유를 쥐어준 것이다.

대학원에 진학하면서 나의 자존감은 점점 낮아졌다. 해야 할 건 많은데 능력엔 한계가 있고 시간은 촉박했다. 주변에는 잘하는 사람들이 또 얼마나 많은지. 언제부턴가 나는 나를 탓하고 꾸짖기 바빴다. 다 팽개치고 사라지고 싶을 때가 많았다.

때로 아주 먼 나라로 훌쩍 떠나버리는 상상을 했는데 그것도 잠시뿐, 곧 피곤해졌다. 아무리 홀연히 떠난다 해도 챙겨야 할 게 많기도 하고, 무엇보다도 여행이 근본적인 문제를 해결해줄 수 있는 건 아니기 때문이었다. 그건 잠깐의 걱정 유예일 뿐이었다. 그럼 결국 '죽음'에까지 상상력이 뻗어갔다. 내 영정 사진 앞에서 슬퍼하고 있을 사람들을 떠올리다가, 떨어지는 눈물을 닦아내곤 했다. 내가 눈물을 흘린 건 다른 게 아니었다. 남아 있을 사람들의 모습이 상상되어서였다.

'故 정보영'.

조촐한 장례식장에서 상복을 입은 엄마와 동생과 제수씨가 있다. 친척들이 있다. 친구들이 있다. 구두를 정리하지 않아도 될 정도로 드문드문 조문객이 왔다 간다. 그 이후의 일까지는 잘 모르겠다.

주변에는 나를 소중하게 생각하는 사람들이 많았는데, 나는 왜 스스로를 깎아내리고 하찮게 여겨왔을까. 아마도 그건 비행기를 타고도 넘을 수 없는, 죽음까지도 어쩌지 못하는 나의 한계를 마주했기 때문인 것 같다. 그동안 나는 수문이 닫힌 거대한 댐 앞에 서 있었다. 그건 세계와의 대결이 아니라 나와의 대결이었다. 그 웅대한 벽 앞에 선 나는 하나의 점인 것만 같고 그럼 아무것도 할 용기가 좀체 나지 않았다.

"뭐 더 먹을래?"

선생님은 스터디 학우들에게 물었다. 나는 치킨보다도 맥주 몇 잔을 더 마셨다. 한쪽 벽에 걸린 텔레비전에서는 정치 얘기와 나라 경제가 어쩌고저쩌고하는 저녁 뉴스가 나오고 있었다.

'이게 다 뭐람.'

나는 때로 알 수 없는 허무함도 느꼈다. 내가 원해서 세상에 태어난 게 아닌데 희귀병이 찾아와 죽음까지도 마음대로 쥐락펴락하겠다니…, 그야말로 무상했다. 그럼 나는 방에 가만히 누워서 천장만 바라보았는데, 형광등 아래의 나라는 덩어리는 어슷썰기 되어버렸고, 그대로 잠들어버렸다. 다음 날이면 나는 널브러진 나를 쓸어 모아 다시 마음속 어딘가에 담아두고 밖으로 나갔다. 그런 날이 많아질수록 어디서부터 잘못되어버린 건지 알 수가 없어 갑갑하기만 했다. 그리고 술을 꽤 마신 날이면 집에 돌아와 취기에 기대서 왜 우는지도 모르게 뚝뚝 눈물을 흘릴 때도 있었다.

'그러면 내가 선택할 수 있는 건 뭐람?'

삶과 죽음이라는 각각의 고유한 속성에 선택권은 없지만 적어도 이 둘 사이의 줄다리기에서만큼은 내가 선택권을 쥐어볼 수는 있지 않을까. 그러니까 죽음이 내게 가까이 온 것만 같은 지금, 나는 죽음보다도 살아보겠다는 쪽을 선택해볼 수는 있는 것이다. 그리고 정말로, 살아낼 것이다. 삶에 미련이 많아서이기도 하지만 나를 걱정해주는 나의 소중한 사람들을 위해서라도, 이를테면 나와 함께 치킨을 뜯고 있는 사람들을 위해서라도 말이다. 아이러니하게도 나는 치킨을 잘근잘근 씹으면서 생각했다.

'살고 싶다.'

우리는 치킨 뼈와 빈 잔만 남은 테이블에서 일어났다. 어린 딸이 기다리고 있다는 선생님은 왕십리역으로 갔고 우리는 다음을 기약하며 각자의 집으로 향했다. 왁자지껄한 지하철역 안으로 사라지는 선생님을 보면서 생각했다. 삶이라는 건 나를 위한 게 아니라 어쩌면 당신을 위한 것. 다시 말해서 삶은 이인칭의 모습이 아닐까. 그래서 삶이라는 건 쉽게 포기할 수 없는 구구절절함이 있는 게 아닐까. 그리고 그것이 모여 우리라는 삼인칭이 완성되는 게 아닐까.

신의 장난이건 뭐건 어쨌든 여기까지 생각이 흘러가다 보면, 한편으론 죽음에게 고맙다고 치맥이라도 한턱 쏴야 할 것만 같다. 정리할 엄두도 내지 못했던 삶의 이유를, 죽음이 다가와서 정돈해주고 있기 때문이다. 살아가야 할 이유에 대해서 말이다.

나는 슬픈 미래보다 기쁜 미래를 생각하며 집으로 걸음을 옮겼다. 걷는 내내 발걸음이 가벼웠다. 밤공기는 차가웠지만, 당신이라는 삶이 있어 아무도 슬퍼하지 않을 시간. 좀 더 오래 멀리까지도 걸어갈 수 있을 것만 같았다.

사글세 들던 날 눈이 내렸다

1

버스 창밖으로 한강과 환한 불빛이 보이기 시작했다. 이천에서 엄마를 만나고 서울로 올라온 저녁, 사람들은 한결같았다. 다들 급한 일이 있는 것처럼 걸음이 빨랐다. 도심은 설렘 없는 불안뿐이었지만, 왜일까. 내가 태어나 자란 고향은 이천인데, 이제는 서울이 고향 같기도 했다. 이상하게 마음은 한결 편안해지고 있었다.

그런 한편 나는 지상에서 한 뼘쯤 떠 있는 느낌이 들었다. 편안하면서 불안한, 불안하면서 편안한, 이 아슬아슬한 기분은 언제쯤 가시게 되는 걸까. 나는 유령 같다. 여기저기 떠도는 떠돌이 유령 같다.

나는 최근에서야 깨달은 게 있다. 집의 중요성이다. 몇 해 전까지만 해도 집은 머물렀다 당장이라도 떠날 수 있는 곳으로 여겼는데 이젠 아니다. 심적으로 편안함을 느끼기 위해서는 안식처가 안정적이어야 한다. 나무가 잘 자라기 위해서는 흙 속으로 뿌리가 잘 자리 잡아야 한다. 단단히 흙을 움켜쥔 채 나무는 자라난다.

내가 얼마나 떠돌아다녔는지 떠올려보면, 나는 유령과 다름없었다. 떠도는 과정들이 과연 온전한 나의 선택이었을까. 동서울터미널에서 지하철을 타기 위해 길을 건널 때, 뒤죽박죽 엇갈리는 사람들의 모습을 보면서 다들 어떤 생각을 하고 있는지, 나와 같은 심정인지 궁금했다.

대학원에 다니기 위해 처음 서울에 올라왔을 때, 가격 대비 만족할 수 있는 자취방을 구하기 어려웠다. 할 수 없이 고향 친구 둘이 살고 있는 원룸에 몇 달간 얹혀 지냈다. 안 그래도 좁은 원룸이었는데, 그때부터 창조적인 공간 활용 능력이 높아졌다. 조금이라도 남는 공간이면 어디든 내 책과 옷을 구겨

넣듯 정리했다.

방에 누우면 싱글 침대에 셋이서 누워 있는 것 같았다. 꽉 껴서 안 맞는 옷처럼 지냈다. 힘든지도 몰랐다. 다들 그렇게 지내는 것 같았고, 실제로 누구나 비좁은 원룸에서 지냈으니까. 서울은 그렇게 견뎌야만 하는 곳이었으니까. 아무리 힘들어도 참으면 됐다. 서울에서의 삶은 나만 그런 게 아니라는 은연중의 공감대가 있지 싶었다.

어디에 정착해야 할지 고민했다. 학교 주변의 자취방 시세는 너무 높아서 진즉 포기했다. 학교에서 좀 멀지만 그래도 도보로 통학이 가능한 곳을 찾았다. 뚝섬이었다. 지하철 2호선 뚝섬역. 조건에 맞는 방을 구하기 위해 구석구석 많이 쏘다녔다. 뚝섬역에서도 시세가 낮은 곳에 정착하게 됐다. 골목이 좀 많았고 창을 열면 붉은 벽돌이 보이는 방이었다. 내게 햇빛은 사치였다.

그러나 기분은 좋았다. 생애 처음으로 내 방이 생긴 것이다. 어릴 때는 남동생과 한방을 썼다. 하숙을 한 고등학교 때는 친구와 함께 지냈다. 대학교 때는 기숙사에서 지내기도 했고, 후배랑 자취도 했다. 이제 나는 혼자만의 오롯한 시간을 가질 수 있다는 것이 좋았다.

이삿날은 겨울이었다. 지독하게 추운 날이었다. 동생과 친구가 이사를 도와주었다. 이른 아침부터 짐을 옮겼고 이사는 점심쯤 끝이 났다. 다 같이 소고기를 먹으러 갔다. 소주도 꽤 마셨다. 미주알고주알 그땐 그랬지 어린 시절을 곱씹으면서 수다를 떨었다.

저물녘이 돼서야 헤어지고 나서 나는 털레털레 자취방으로 들어갔다. 널브러진 짐짝들을 대충 한쪽으로 밀어놓고 보일러 온도를 높였다. 맨바닥에 누웠다. 밖에는 눈이 내리고 있었는데 나는 까무룩 잠이 들었다. 밤사이 내린 눈은 소복이 쌓여, 골목마다 고양이 발자국이 남겨져 있었다. 시작된 것이다. 본격적인 서울살이가.

매달 월세를 내기 위해 과외를 했다. 본격적으로 다이어리 스케줄러를 쓰게 된 것도 그 무렵이다. 또 학비를 충당하기 위해 조교 일을 맡았다. 무엇이든 자잘한 일들을 도맡아 했고 과외 시간을 더 늘려갔다. 한 주간의 타임 테이블이 꽉 채워졌고, 친구들을 만나거나 잠시 여행을 가기 위해서는 적어도 3~4주 전에는 스케줄을 조정해야만 했다. 아침에 학교에 가서 저녁 늦게 집에 들어왔다. 신발을 벗고 방 한쪽에 잠시 그대로 앉아 있기도 했다. 귓속이 윙윙거리는 게 멎을 때까지 캄캄한 어둠 속에 누워 있기도 했다. 멀리서 미세먼지처럼 고운 입자의 소리가 흩어졌다. 지하철이 지나가는 소리였다.

억지로 한다고 해서 되는 것도 아닌데, 억지로 뭐든 했다. 그래야 버틸 수 있었으니까. 그래도 내가 하고 싶은 거, 좋아하는 걸 할 수 있다는 것이 나를 더 움직이게 했다. 그렇게 믿었다. 여력이 없어도 이력은 쌓여 갔는데, 다 생활이란 명분 아래 나는 나를 억류했을 뿐이다. 아프고 싶어도 아플 수 없었지만, 아플 새도 없었고, 아파도 안 됐다. 말 그대로 아등바등 서울에서 생활했다. 아니, 버텼다.

2

이제 나는 고향으로 내려왔다. 내 방 크기는 서울 자취방과 크게 다르지 않다. 그러나 좀 어색하다.

고향으로 내려오는 날, 아침 6시에 일어나 봉고차에 이삿짐을 실었다. 마지막으로 가구를 다 빼고 난 뒤의 텅 빈 원룸을 둘러보았을 때, 시원섭섭한 감정이 일었다. 보일러를 조금만 틀어도 금방 따듯해지던 방. 논문과 여러 편의 시를 쓴 방. 친구들과 낄낄대며 밤새 술 마시던 방. 슬플 때 어둠 속에서 내 울음을 가만히 들어주던 방. 단칸방이지만 여러 가지 표정이 있었구나. 그리고 이렇게나 넓었구나. 빈집의 문을 잠그면서, 기쁨도 슬픔도 결국은 하나라는 생각이 들었다.

불을 끄고 침대에 누우면 검은 저수지 위에 떠 있는 기분이 든다. 감기 기운이 느껴진다. 수술이 일주일 남았는데 몸이 안 좋으면 수술이 미뤄지는 건 아닐까. 수술 걱정을 하며 이불 속을 파고든다.

고향에서의 다음 날이 오고 창밖을 보니 겨울의 텅 빈 논밭이 보인다. 뿌리에 대해 생각한다. 나무의 씨는 바람을 타고 날아간다. 어디에 떨어져 뿌리를 내리게 될지 누구도 알 수 없다. 그리고 우연히 어딘가 안착해 뿌리를 내린다. 나무는 자라고 다시 바람에게 씨를 내어줄 것이다. 아직 나는 바람을 타고 날아가는 중인지도 모르겠다. 눈이 내리기 시작한다.

"보영아, 눈 온다!"

눈은 언제나 사람을 설레게 한다. 엄마의 목소리는 들떠 있다. 창을 열자 서울의 붉은 벽돌 대신 드넓은 흰색이 펼쳐져 있다. 마음 한편이 시큰하다. 소리 없이 눈은 내리고 나는 붉어진 눈시울을 닦는다. 앞으로 또 어떤 선택을 하고 또 어디로 가게 될지 모르지만 유령의 삶이 아니라 두 발로 서서 자라날 수 있을 거란 믿음을 갖는다. 이제야 비로소 진정한 선택을 할 수 있을 것만 같다.

(3부)

눈물은 왜 따뜻할까

수술, 나흘의 기록

12월 24일.

엄마가 다니는 교회에서 목사님과 몇몇 분들이 왔다. 동그랗게 둘러앉아 담소를 나눴다. 그리고 기도의 시간을 가졌다. 초면인 그들은 나를 위해 두 손을 모았다. 다들 고개를 숙이고 눈을 감고 간곡히 기도했다. 나는 기뻤고 슬펐다. 온전히 나를 위해 자리해주었다는 것이 기뻤고, 내가 아프다는 걸 다시금 실감했기에 슬펐다.

드디어 내일은 입원하는 날이다. 수술까지 이틀 남았다. 그래서인지 전화가 많이 왔는데, 모두가 걱정해주었다. 잘 될 거라고 말해주었다. 나는 고맙다고 했다. 지금까지는 애써 덤덤했지만 수술실에서 전신마취를 하는 순간까지 그럴지는 잘 모르겠다.

이제 앞으로 매년 크리스마스 무렵이면 이때가 많이 떠오를 것 같다. 내년에는 내가 다른 누구를 위해 기도할 수 있으면 좋겠다. 그 누군가도 기쁘고 슬프겠지만 지나고 보면 슬픔보다 기쁨이 많다고 말해주고 싶다.

12월 25일.

수술 전날이다. 신촌 세브란스 병원에 입원했다. 환자복을 입으니 영 어색했다. 주치의 선생님에게 수술에 대한 설명을 들었다. 수술 성공 가능성은 90퍼센트 이상이라고 했다. 큰 문제가 없으면 뇌하수체에 있는 종양을 다 잘 떼어낼 수 있을 거라 했다. 그리고 수술의 목표는 종양을 완전히 제거하는 것이지만 치료의 최종 목표는 장애를 일으킨 뇌하수체의 호르몬 수치와 포도당 수치를 정상화하는 것이라고도 했다.

"MRI 사진을 볼 때 현재 가장 큰 문제는 시신경과 왼쪽 뇌혈관을 종양이 누르고 있다는 건데, 지금으로서는 확실치 않고 수술을 해봐야 알 수 있을 것 같습니다."

주치의 선생님은 나의 뇌 사진을 확대하거나 축소하기를 반복하며, 혹시 모르는 여러 가지 심각한 문제들에 관해 설명해주었다. 잘 될 것에 대한 건 사실 크게 강조해 얘기 나눌 건 없었다. 잘 되면 아무튼 좋은 거니까.

삼십 분 넘게 수술 설명을 듣는 동안 주치의 선생님이 주로 말한 것은 안 좋을 단 1퍼센트에 대한 것이었다. 나는 애써 태연하게 그의 말을 듣고 있었지만 손바닥에서는 연신 땀이 나고 있었다. 덤덤하다고는 했었지만 결국은 무섭고 두려운 것이다. 죽음보다도, 위험할 그 가능성에 대한 이야기가 더 나를 초조하게 했다.

내일 오전 11시면 수술실에 들어갈 것이다. 전신마취를 하고 네 시간 정도의 수술을 하게 될 것이다. '자고 일어나면 될 거야'라고 스스로에게 말하곤 했지만, 내 머릿속을 헤집을 네 시간을 생각하면 아찔했다.

침상에 엎드려서 글을 쓰고 있는 지금.

플라스틱 컵에 프린트된 문구를 읽는다. 'Always good

luck.' 평소 같았으면 무심코 지나쳤을 테지만, 아무것도 아닌 저 플라스틱 컵의 문구가 지금 그 무엇보다도 날 견디게 하는 것 같다.

엄마는 좁은 간이침대에 누워 쪽잠을 자고 있다. 엄마는 지금 무슨 꿈을 꾸고 있을까. 나는 오늘밤 무슨 꿈을 꾸게 될까. 살아가는 동안 좋은 일에 대한 생각보다 닥쳐올 안 좋은 일에 대한 걱정이 많았던 것 같다. 오늘밤은 좋아질 일에 대한 생각만 할 참이다. 좋은 꿈을 꿀 예감이다.

12월 26일.

내게는 인상 깊은 여러 가지의 전날이 있다. 소풍 가기 전날, 해외여행 가기 전날, 소개팅 하기 전날, 시험 보기 전날 등. 그것은 언제나 기대와 우려가 동반된 감정이 들게 했는데, 수술 전 기분은 그간의 전날들과는 결이 많이 다른 것 같았다.

'마취가 되지 않는다면'에서부터 '마취에서 깨어나지 못한다면'까지 만약이라는 온갖 가정을 단 일들이 머릿속에서 일어났다 사라지길 반복했다. 대학원을 중심으로 한 서울 생활은 모두 정리됐고, 이천으로 이사까지 마쳤다. 내 방도 깔끔하게 정돈이 끝났다. 나는 자정이 지난 시간까지, 한참을 뒤척이며 잠들지 못했다.

얕은 잠에서 깼을 때, 시간은 5시 15분을 지나고 있었다. 아침이 오고 있었다. 내 삶은 이제 수술 이전의 삶과 수술 이후의 삶으로 나누어질 참이었다.

12월 27일.

"금방 갔다 올게."

군대에 가기 전, 마지막으로 가족들과 포옹하며 했던 말이다. 나는 수술실에 들어가기 직전, 가족들에게 다시 그 말을 했다. 엄마는 마지막까지 내 손을 꼭 붙잡고 있었고, 동생은 멀뚱히 서서 잘하고 오라고 했다. 제수씨는 기도하고 있겠다고 했다. 수술실에 들어가기 전, 천장에는 큰 글씨로 성경 구절이 씌어 있었다.

'두려워 말라. 내가 너와 함께함이니라.'

— 이사야 41장 10절

몸과 마음이 극도로 예민해진 상태인지라 그것을 읽으면서, 괜히 심사가 배배 꼬여버렸다.

'안 그래도 긴장되고 두려운데, 뭐? 두려워 말라고? 아니 선생님. 두려운데 두려워 말라고 하면 더 두렵잖아요. 그냥 내가 너와 함께함이니라, 정도면 충분하잖아요! 아아, 두렵다. 두렵다.'

수술 침대에 누웠다. 산소 호흡기를 달았다. 심장 부근과 손가락에 심전도를 체크하기 위한 장비를 연결했다. 심장 박동기에서 소리가 나기 시작했다. 곡선의 바이털 사인이 반복적으로 그려지고 있었다.

'편안하게 받아들이자. 신을 믿지는 않지만, 그가 나와 함께할 거다.'

천천히 호흡했다. 왼쪽 팔뚝이 지근거렸다. 시린 바닷물이 내 팔을 감싸 쥐었다. 색으로 치면 검푸른 색일 것 같았다. 차가운 느낌이 서서히 온몸으로 번졌다. 의식이 흐려졌다.

'잠깐이면 된다. 잠깐.'

나는 의식이 사라지는 순간까지 되뇌었다.

'잠깐이면….'

나는 죽지 않았다

어둠 속에서 서서히 빛이 들어왔다. 천장이 보였다. 끝났구나. 순식간에 며칠은 건너뛴 기분이었다. 호흡이 쉽지 않았다. 두통이 심했다. 마취할 때는 깊은 심해로 향하는 것 같았는데, 깼을 땐 술을 왕창 마시고 난 뒤의 숙취처럼 속이 매스꺼웠다. 먹은 게 없으니 분명 뱃속은 텅 비어 있을 텐데 뭔가 게워내야 할 게 있는 것만 같았다. 돌아온 의식의 끈을 누가 팽팽히 당기는 듯했다. 머리가 지끈거렸다. 뒤척거리면서 좌우로 몸부림치다가 간호사들의 목소리를 들었다.

"호흡하세요. 환자분, 호흡하세요."

나는 병실로 옮겨졌다. 마취 기운에 취한 나는 엄마와 동생과 제수씨를 보았다.

"보영아, 보영아."

엄마의 목소리.

"고생했어요, 아주버니."

제수씨의 목소리.

"눈떠, 이 새끼야."

동생의 목소리.

내가 다시 잠들지 않게 하기 위해, 가족들이 한 번씩 말을 걸었다. 눈을 감았다 뜰 때마다 가족들의 얼굴이 선명히 떠올랐다. 수술은 끝났고 나는 죽지 않았다.

엄마는 울지 않았다

밤새도록 고열에 시달렸다. 침대 시트는 땀으로 흠뻑 젖었다. 날이 밝아오고 있었다. 전보다 더 강한 항생제와 진통제 주사를 맞고, 멍하니 천장을 바라보았다. 환자복은 이미 몇 번이나 갈아입은 뒤라, 더 이상 갈아입기를 포기했다. 나도 나지만 한숨도 제대로 자지 못한 엄마는 누구보다 분주하게 병실을 오갔다. 엄마는 미지근하게 적신 수건으로 연신 내 얼굴을 닦아주었다.

"아침 식사 왔습니다."

배식하는 아주머니가 엄마에게 식판을 건네주고 갔다. 흐

리멍덩한 나는 창밖의 풍경을 내다보았다. 건물 옥상에서 하얀 연기가 흩어지고 있었다. 구름이 한쪽으로 흘러가고 있었다. 나는 지금이 몇 시이고 며칠인지보다 단지 오늘이 왔다는 생각뿐이었다. 코에서 묽은 액체가 흘러나왔다. 이어 어김없이 두통이 찾아왔다.

한 손에 사과를 쥐고, 손아귀에 힘을 준다. 사과는 으깨지지 않는다. 줄줄 사과즙만 나온다. 그렇게 누가 자꾸 내 머리를 쥐어짜는 것만 같았다. 조금만 고개를 움직여도 머리에 가득 찬 물이 협곡으로 쏠려 가는 것 같았는데, 그러면 나는 자지러진 채 숨만 몰아쉬었다. 구불구불한 뇌에 미세하게 뻗은 혈관들이 죄다 터져버릴 것 같은 통증 속에서 나는 눈을 감고 있었다. 차라리 어둠 속에 있으면 그래도 좀 괜찮은 것 같아서였다. 그리고 무엇보다도 나를 보는 엄마를 보는 게 힘들었기 때문이다.

내가 극심한 두통에 시달릴 때마다 두 손을 모은 엄마의 표정에는 어쩌지 못하는 마음이 담겨 있었다. 거기엔 이러지도 저러지도 못하고 발만 동동 구르는, 속절없이 속으로 앓을 수밖에 없는 어미의 미안함이 깃들어 있었다.

엄마는 잘못한 게 없는데, 뭐가 그렇게 미안한 걸까. 기어이 찾아온 두통을 견디며 나는 다시 그런 엄마의 모습을 보았고, 대뜸 화가 났다. 나를 그만 보고 있었으면 했다. 가슴 깊은 곳에서 끓던, 나도 모르는 감정이 통증과 함께 터져버렸다. 나는 고통이 사그라질 때까지 욕을 내뱉었다. 잠시 후 통증이 잦아들면서 실은 내가 아무것도 아니라는 허무가 밀려왔다. 무력해졌다. 무력감은 무엇이든 떠오르게 하는 부력이 있어서 나는 말똥말똥 눈만 뜬 채, 무상의 물결 한가운데에 둥둥 떠 있다가 잠들었다.

잠에서 깨어났을 때 시간은 오전 10시를 넘고 있었다. 잠깐인 것 같았는데 몇 시간을 맥없이 자버린 것이다. 엄마는 치웠던 아침밥을 가져왔다. 나는 식판을 빤히 바라보았다. 내가 밥을 먹었으면 하는 엄마는 가만히 내 눈치를 보고 있었다. 나는 땀에 젖은 몸을 일으켰다. 잠깐 현기증이 일었으나 곧 괜찮아졌다.

엄마는 밥 한술을 떠서 내 입에 넣어주었다. 다 식은 밥을 씹었다. 엄마는 반찬을 집어주었다. 말없이 받아먹었다. 엄마는 국도 떠주었다. 코를 통해 수술한 나는 후각을 거의 잃은 상태였다. 맛을 제대로 느끼지 못해야 정상인데, 희한하게도 감각은 더 촘촘해져서, 어느 때보다 식욕이 솟았다. 깍두기는 깍두기, 달걀말이는 달걀말이, 된장국은 된장국. 오물오물 음식을 씹을 때마다 입맛이 돌았다. 군말 없이 잘 먹는 내 모습을 보는 엄마의 표정은 한결 편안해져 있었다.

아픔은 전염성이 있어서 앓는 사람 곁에 오래 있으면 어쩔 수 없이 피폐해지기 마련이다. 그런데 엄마는 내가 병상에 있는 동안 사소한 짜증 한 번 내지 않았다. 묵묵히 내 곁을 지켜주었다. 무엇이 그녀의 마음을 이토록 무한하게 하는 걸까.

나와 엄마가 떨어져 지낸 시간은 내가 중학교 졸업 이후부터니까, 13년이나 되었다. 13년이라는 물리적 간극은 곧 엄마와 나의 거리감을 뜻하는 것이었다. 여행을 가도, 맛집을 가도, 어딜 가도 내 곁에 있던 건 친구 또는 애인이었다.

내가 지금보다도 더 철없던 시절, 한번은 동생한테 전화가 온 적이 있었다. 종종 동생은 그냥 전화했다면서 의미심장한 말을 툭툭 던지곤 했는데, 그날도 그랬다.

"왜?"

나는 동생에게 무심히 물었다.

"어디야?"

"친구들이랑 놀아. 왜?"

"이천 언제 와?"

"몰라. 왜?"

나는 계속 그에게 왜라고만 되물었다.

"엄마한테 전화해봐."

"응. 근데 왜?"

형제의 대화는 생각보다 더 간결해서, 우리는 금방 통화를 끝냈다. 동생이 전화한 의도는 보통 두 가지였다. 내가 이천에 언제 올지 자꾸 물어보는 엄마를 대신해서, 혹은 엄마가 아플 때 연락을 해온 것이다. 나는 어릴 때부터 떨어져 지낸 그 13년의 세월 동안 진득하게 엄마 곁에 있었던 적이 한 번도 없는 것 같았다.

그러나 엄마는 왠지 내가 곁에 없어도 늘 내 옆에 있었던 것 같다는 생각이 들었다. 머리가 띵해졌다. 울면 또 머리가 더 아픈데, 한번 치솟은 울음은 목울대를 치며 계속 올라왔다. 나는 엄마가 떠주는 밥을 악착같이 씹었다. 밥을 씹을 때마다 눈물이 터져 나왔다.

"왜 울어, 보영아."

울지 말고 밥 먹으라는 엄마의 말 한편에는 무너지는 억장을 어떻게든 쌓아 올리며 견뎌내고 있는 엄마가 있었다. 나는 삼십 분 동안 반 공기를 비우고 먹기를 그만두었다. 더 이상 먹을 수 없었다. 밤새 고통에 몸부림치는 나 때문에 제대로 자지 못한 엄마는 어젯밤 이후 아무것도 먹지 못한 상태였다. 누구보다 배가 고팠을 그녀였다.

엄마는 내 병상 구석에 앉았다. 그제야 엄마는 내가 남긴 밥을 한술 뜨기 시작했다. 늦은 아침밥을 먹는 엄마의 모습을 보면서 미안하다는 말과 고맙다는 말이 입 안에서 맴돌았다.

눈을 감았다. 어둠 속에는 나와 엄마의 소원했던 시간이 흩어져 있었다. 어디든 엄마가 있었다. 내가 감히 가닿을 수 없는 불가능한 사랑이 놓여 있었다. 나는 오랜 시간 그것을 색인했다. 생각해보면 엄마는 내가 입원한 뒤, 내 앞에서 한 번도 울지 않았다. 나는 흐르는 눈물을 닦았다.

오늘내일

1

열이 오락가락한다. 열이 오르면 누가 내 머리를 쥐기 시작한다. 누군지는 모르지만 그는 심심할 때마다 한 번씩 내 머리를 쥐어짜며 노는 것 같다. 조금만 움직여도 종을 치고 난 뒤의 소리처럼 머릿속이 웅웅 울린다. 어쩌지 못하는 거대한 힘 앞에서 나는 죽음을 절감한다. 통증은 지독하다. '제발… 제발… 제발!' 이를 앙다문다.

2

정해진 시간에 억지로 밥을 먹고 약을 먹는다. 마신 모든 액체류를 기록하고 소변 양을 기록하면서 몸이 기계 같다고 느낀다. 나는 고장 난 기계가 된다. A/S도 안 될 것 같은데 폐품들은 다 어디로 가나. 지난한 시간 속에서 생각한다. 나는 사람인가.

텅 빈 링거액을 본다. 역류한 피가 링거 줄을 타고 나온다. 링거 줄도 내 혈관인 것만 같다. 피가 붉다. 간호사가 투명한 액체로 가득 찬 링거액을 가지고 온다. 밖으로 빠져나온 피가 다시 내 몸속으로 들어온다. 팔뚝이 욱신거린다. 병이란 건 참 영특해서 바둑에서 몇 수 앞을 보고 바둑알을 놓듯, 그것은 항상 나를 앞서간다. 나는 뭉개질 것처럼 퉁퉁 부은 손을 본다.

3

열이 떨어지지 않는다. 스팀 사우나 안에 오래 있는 것 같다. 몸도 정신도 다 젖어 있다. 몽롱하게 있다가도 간호사가 체온을 재러 오면 긴장된다. 나는 39도 언저리에 머물고 있다. 왜 자꾸 열이 나는지 아무도 모른다. 또 채혈해야 할 것이다. 두통은 여운이 남아 끈질기게 나를 붙잡아 흔들고 있다.

피를 뽑아야 한다. 소매를 걷는다. 간호사는 더 이상 바늘 꽂을 데라곤 없는 내 팔뚝을 여기저기 눌러본다. 그녀는 나보다 더 떨고 있는 것 같다. 주삿바늘이 살점에 꽂혀 들어올 때, 모종삽이 떠오른다. 어린 시절 화단에 앉아 흙 속에 가볍게 꽂아 넣던 모종삽.

한 줌의 흙을 쥐듯 주먹을 쥐었다 편다. 피는 쉽게 나오지 않는다. 간호사는 신중히 내 팔뚝을 매만진다. 다시 주삿바늘이 내 몸에 꽂힌다. 그녀는 혈관을 못 찾고 있다. 바늘이 나를 휘젓는다. 더 이상 감각이 없다. 간호사는 당황한다. 나는 괜찮다고 말한다. 몇 번이고 바늘이 꽂힌다. 서서히 피가 나온다. 체념한 듯 나온다. 나는 빈 화분에 나를 옮겨 심으며, 나를 다독인다. 질금질금 주사기에 피가 채워지고 있다. 화분 모양의 온기가 생겨난다. 나는 다시 자라날 수 있을까.

잠시 뒤 간호사가 와서 체온을 잰다. 온도계는 언제나 나보다 정확하다. 나는 별다른 변화가 없다고 느끼는데, 열이 조금 떨어졌다고 한다. 정상으로 돌아왔다고 한다. 나는 언제부터 비정상이었고, 언제 정상이 될 수 있을까. 나는 매일 수치화되고 어딘가 채록된다.

일면식도 없는 그의 장난이 또 시작된다. 의식을 놓고 싶을 정도의 두통이 몰려온다. 삶보다 죽음이 가깝다고 느낀다. 차라리 죽음이 편할 수도 있을 것 같다. 카프카의 소설 「시골 의사」에서, 고통 속에서 몸부림치는 아이가 의사의 귓가에 속삭이는 말이 있다. "선생님, 제발 저를 죽여주세요." 아이의 말이 머릿속에서 메아리친다. 이런 생각을 하는 것 자체가 아직은 견딜 만하다는 방증일까. 나는 침대에 누워 있는 나를 본다. 삶은 행방이 묘연하고, 죽음이 인접해 있다.

4

병동 복도를 산책하던 환자가 주저앉아 운다. 민머리에 수술 자국이 나 있다. 그녀는 어떻게든 걸으려고 한다. 울면서 걷는다. 팔을 부축하는 보호자는 조용히 곁을 지키고 있다. 고통을 끝내 다 솎아내면, 그 밑바닥에는 무엇이 있을까. 나는 그녀가 누군지 모른다. 또 그녀가 얼마나 아픈지 모른다.

그러나 탄식에 가까운 그녀의 울음이, 얼마나 간곡한 울부짖음인지는 어렴풋이 알 수 있다. 그 슬픔의 깊이를 감히 가늠

할 수는 없지만 그녀가 더 이상 아프지 않았으면 좋겠다. 슬프다. 그녀를 안아주지 못해서가 아니라 삶이 말이다.

5

뜻밖의 사람이 찾아왔다. 삼 년 동안 글을 가르쳤던 학생이 온 것이다. 그녀는 연말이기도 하고 오랜만에 안부를 묻기 위해 내게 카톡 메시지를 보내려다가 내 카톡의 상태 메시지를 봤다고 했다. 나는 사람들에게 일일이 다 알릴 수 없어서 카톡 상태 메시지에 '회복 중입니다. (신촌 세브란스 본관 11층 1116호) 비행기 모드'라고 적어놓았다.

평소 그녀가 길치인 것을 아는 나는 그녀에게 물었다.

"여기까지 어떻게 왔어?"

"버스 타고 왔지요."

각종 링거액을 꽂은 채 땀에 절어 누워 있는 나를 보는 그녀의 눈빛에는 이제야 찾아온 것에 대한 미안함과 걱정이 뒤섞여 있었다. 우리는 별말 없이 마주 보고 있었지만 나는 느낄 수 있었다. 다른 어떤 것도 아닌, 진심으로 나를 염려하는 그녀의 마음을.

내가 회복하는 데 혹여 방해될까 조심스러워하며, 그녀는 채 오 분도 있지 않고 일어났다. 나는 한달음에 달려온 그녀에게 고맙다고 말했다. 그녀는 또 오겠다고 했다. 나는 다음엔 건강한 모습으로 보자고 했다. 그녀가 인사하고 사라진 자리를 한동안 바라보았다. 과연 그녀를 다시 볼 수 있을지 모르겠다. 그녀의 모습이 잠시 거기 그대로 남아 있었다.

내가 될 확률

매주 오천 원씩 복권을 샀었다. 일등에 당첨될 가능성은 희박하지만 그렇다고 꽝을 바라며 복권을 사는 사람은 없을 것이다. 나는 복권에 당첨되면 뭘 할지 고민하면서 한 주 한 주를 버텼다. 간간이 오등(오천 원)에 당첨되긴 했지만, 그 이상의 등수는 된 적이 없다. 좌절하지는 않았다. 어차피 한 주는 또 돌아오니까.

나는 병상에 누워 갖가지 확률을 떠올려본다. 복권에 당첨될 확률, 벼락에 맞을 확률, 비행기 사고와 자동차 사고의 확률. 그중에서 말단비대증에 걸릴 확률은 백만 명 중 서너 명꼴이다. 복권에 당첨될 확률은 매번 나를 피해 갔지만, 말단비대증은 나를 찾아왔다. 누구는 피해 갈 확률과 누구는 맞이할 확률. 이 확률이란 것이 대체 뭐기에 나를 이렇게도 시험에 들게 하는 걸까. 대체 왜?

열이 떨어지지 않고 두통이 지속될 때마다 나는 나로부터 멀어진다. 어김없이 찾아오는 한 주가 이제는 없을 수도 있다고 생각하니 좀 서글프다. 거대한 손아귀가 내 머리를 쥔다. 나는 허공에 붕 뜬 채 발버둥 친다.

12월 31일, 저녁 11시 50분.

재수술 전 심전도 검사를 했는데 결과가 좋지 않다고 한다. 간호사가 피를 뽑아 간다. 퍼렇게 멍든 양쪽 팔뚝을 보면서 나는 이제 나를 어떻게 위로해야 할지 궁금해진다. 새해가 되기 십 분 전이다.

"올해는 단 두 명뿐이라, 신기록 세울 것 같아요."

첫 수술 전, 주치의가 내게 한 말이었다. 작년까지만 해도 재수술을 한 사람은 세 명이라고 했다. 그런데 올해는 둘뿐이라는 것이다. 재수술할 가능성은 거의 없으니 안심하라는 뜻이었지만 한편으로 나는 걱정이 됐다.

'그게 내가 되면 어쩌지?'

이만한 복선이 또 있을까. 그 생각은 맞아떨어졌다. 코를 통해서 뇌수술을 했는데 봉합이 잘 되지 않았다. 미세하게 벌어진 수술 부위에서 뇌척수액이 쏟아졌다. 그래서 고열과 두통에 시달렸던 것이다.

재수술을 앞둔 나는 떨지 않은 것 같은데, 내 가슴께에 손을 얹은 엄마는 말한다.

"떨리는구나?"

정말 아닌 것 같은데, 그럴지도 모르겠다. 지금까지의 내 인생을 한 문장으로 표현한다면 어떻게 쓸 수 있을까.

아직 모르겠다.

만약에 내가 살아서 노인이 됐다 치자. 그때 다시 인생에 대해 한 문장으로 표현한다면 어떻게 답할까.

역시 모르겠다.

열이 오르는 게 느껴진다. 계속 간호사가 병실을 왔다 갔다 한다. 또 피검사를 한다. 주치의 선생님이 오기로 했는데 오지 않는다. 새벽 5시에 긴급 재수술을 하기로 했다. 잠이 오지 않는다. 오로지 죽음만이 오고 있는 것 같다. 나는 내 심장에 손을 가져다 댄다. 심장이 두근거리고 있다.

새벽 5시 40분이다. 긴급 재수술이라 남은 수술방이 없다. 엄마는 기다리다 지쳐 잠들어 있다. 가장 고요하고 추운, 가장 긴장되는 극적인 시간. 새해는 왔고, 나는 재수술을 기다리고 있다. 뒤척이는 병실의 사람들, 나는 가만히 그들의 숨소리를 듣는다.

동생과 제수씨가 왔다. 정동진으로 해돋이 보러 가는 것도 아니고, 단지 나 하나만 생각하면서 멀리서 달려온 거다. 둘은 핸드폰 알람을 새벽 3시 반에 맞춰놓았는데, 늦었다며 겸연쩍어한다.

피곤한 기색이 역력한 둘은 한쪽 구석에 앉아 금세 졸고 있다. 엄마와 동생과 제수씨 모두 불편한 잠을 자고 있다. 나는 그들을 볼 면목이 없다. 이불 속에서 나는 주먹을 쥔다. 주먹에 힘이 들어가지 않는다. 모든 걸 초연하게 받아들이기 위해 노력하지만, 생전 처음 느껴보는 감정 앞에서, 어떤 생각을 해야 할지 머릿속이 복잡하기만 하다. 볕이 들어도 녹지 않을 슬픔 속에서 새해 아침이 오고 있다.

얼음 팩을 양쪽 가슴께에 끼고 나는 흐물흐물해져 있다. 눈송이를 쥔 것처럼 나는 시리다. 냉동고 안에 놓여 있을 나를 상상한다. 그래도 마음은 끝내 삶을 놓을 수 없는 걸까. 감정은 금방 울컥 끓어오른다. 눈물이 왜 따뜻한지 알 것 같다.

조금 느려도 괜찮아

뉘엿뉘엿 해가 지기 시작하는 때, 마취에서 깨어난 나는 천장을 보고 있다. 마취 기운에 몽롱하지만 주치의 선생님의 말은 잘 들린다. 다시 수술을 하는 김에 혹시나 뇌하수체에 남아 있을지 모르는 종양을 살펴봤는데, MRI 상에서는 확인할 수 없던 티끌만 한 종양을 발견했다고 한다. 재수술을 하지 않았으면, 내 머릿속에 또 종양이 자라나고 있었을 것이다. 두 번 수술한 게 잘한 일이다.

나는 남들보다 무엇이든 조금씩 느리다. 그런데 성격은 급해서 뭐든 빨리 가시적인 결과가 눈앞에 보여야 한다. 그런 내가 작가가 되려고 하다니 가끔은 나도 내가 신기하다. 조급한 성격 탓에 나는 한 권의 책을 오래 들고 읽지 못한다. 내 책상에는 언제나 읽다 만 책들이 아무렇게나 쌓여 있다.

내가 처음 글을 쓰기 시작한 중학교 때는 『해리포터』가 필독서였다. 나는 친한 친구들을 주인공으로 삼아 판타지 소설을 썼다. 이름하여 『전사들과 여행을 부르는 그들』. 제목에서부터 전사의 포스가 느껴지지 않는가. 평생 비밀에 부칠 소설이기는 하지만, 첫 문장은 이랬다. "어느 한 거창한 도시에 아주 친한 친구들이 있었다."(여러 의미로 미쳤다.) 어쨌든 나는 담임 선생님께 그간 쓴 원고를 메일로 보냈다. 나였다면 별로 대수롭지 않게 여기고 넘어갔을 테지만, 선생님은 이만큼의 글을 언제 다 썼냐며 칭찬을 아끼지 않았다. 그때부터였다. 경제와는 좀 멀어진 삶… 내가 글을 본격적으로 쓰기 시작한 때 말이다.

아무것도 모르는 풋내기였지만, 쓰는 것이 마냥 좋았고 재밌었다. 다들 알지 않는가. 처음이라는 즐거움과 그 겁없음에 대해서 말이다. 교내 글쓰기 대회에 참가하는 족족 상을 받았다. 더 큰 뜻을 펼치기 위해 나는 시·도 백일장 대회에 나갔다.

역시 상을 쓸어 담았다. 그래서 나는 생각했다. 내가 세상에서 글을 제일 잘 쓰는, 어쩌면 천재가 아닐까. 사뭇 진지했다.

그러나 나는 그때까지도 고전 필독서라 불리는 것조차도 읽지 않았다. 이를테면 헤르만 헤세의 『데미안』, 헤밍웨이의 『노인과 바다』, 프란츠 카프카의 『변신』과 같은 것 말이다. 뭐, 그때 나는 아마 읽어야 했어도 절대 안 읽었을 것 같다. 읽을 생각보다 쓸 생각만 앞섰다. 그리고 나의 산문 쓰기는 차차 시로 넘어갔다. 이유는 간단하다. 짧으니까.(나는 천재니까.)

중학교 3학년이 되었고, 인문계냐 실업계냐, 진로에 대한 고민을 했다. 그때 엄마는 우연히 알게 된 안양예고 문예창작과를 권했다. 시험을 봤고 얼결에 합격했다.(나는 천재니까.) 떨어졌다면 또 어떻게 되었을까. 생각해보면 그때는 남들보다 절대 느리지 않았다. 쓰는 족족 뭐든 잘 되었으니까.

예고에 가서 '정보영 천재설'은 와장창 깨졌다. 내가 어마어마한 착각에 빠져 있었음을 단박에 깨달았다. 소위 날고 기는 애들은 널려 있었고, 내가 그들 축에 끼려면 밤낮없이 읽고 써도 모자랐다. 잠자리에 누워 눈 감으면, 어둠 속에서 점점 작아지는 나를 볼 수 있었다. 문학 공부를 하면 할수록 감히 다가설 수 없는 벽을 마주했다. '나'란 사람은 어느새 흔적도 없이 사라져 있었다.

문학의 세계에서 정말 간신히 거대한 벽 하나를 허물고 나아가면, 그렇다, 또 하나의 벽이 있었고, 그건 더 굳건하고 높아서 나는 하염없이 좌절하곤 했다. 그러나 재능도, 빼어난 실력도 없는 내가 계속 문학을 할 수 있었던 건, 다른 게 아니다.(성실함 같은 건 아니다.) 하다 보면 언젠가는 되지 않을까 하는 무모하고 막연한, 어쩌면 무책임하기까지 한 그런 믿음 덕분이었다. 조금 느려도 괜찮다며 나는 스스로를 다독였다. 달리 말하자면 문학 말고 다른 건 정말 해볼 엄두가 안 난 것도 있고, 그것 말고는 하고 싶은 마음도 들지 않았기 때문이다. 그러면서도 매번 나는 나를 벼랑 끝으로 몰아세웠다. 대단히 나태한 나를 위한 전략적 대처였다.

"소설은 엉덩이 힘으로 쓰는 거야."

창작 수업 중에 한 소설가 선생님이 한 말이다. 나는 시도 그렇다고 생각했다. 책상에 얼마나 더 오래 앉아서 썼느냐에 따라서 작품의 질은 크게 달라진다. 천재나 재능 있는 사람은 뭐든 후딱 써낼 수 있겠다.(어릴 적에는 나도 그랬던 것 같은데….) 나는 천재파도 노력파도 아니다. 집중력은 아마—유치원은 너무했고—초등학교 친구들과 견주어볼 수 있지 않을까 싶다. 글을 쓰다가도 금방 집중력이 흐려진다. 그럼 시집을 읽는다. 곧 읽기 싫어진다. 그럼 소설책을 읽는다. 이것도 아닌 것 같다. 그럼 필사를 한다. 어쨌든 나는 긴 시간 속에 어떻게든 문학을 붙들어 매고, 쓴다. 끈질기게 쓴다.

대학교 문창과를 다닐 때, 교수님들은 내게 큰 주의를 기울이지 않았다. 독자 여러분도 이제 저에 대해서 좀 알고 있을 텐데, 나는 진중하지 못했다. 소위 말하는 문학 뽕에 취해서 날라리처럼 학교를 다녔다. 학점도 최악이었다. 그러다 군대를 다녀왔다. 복학을 했다. 뭐든 할 수 있을 것만 같았다. 그럼 구체적으로 뭘 하지? 뭘 할 수 있을까? 고민했다. 그건 역시나 문학이었다.

나는 묵묵히 썼다. 새벽까지 술을 마셔도 책상에 앉아 썼고, 계속 뭐든 읽으려고 했다. 부족한 문장력을 채우기 위해 꾸준히 필사했다. 수업에 빠지지 않고 맨 앞에 앉아 필기했다. 자랑처럼 보이겠지만(자랑이다.) 나는 문학 속에 나를 어떻게든 담가두려고 했다. 그리고 각종 공모전에서 수상을 하게 됐다.(이런 걸 두고 포텐이 터졌다고나 할까. 아무래도 어릴 적 이후 잠잠하던 천재성이랄까, 잠재성이 터져버린 것이 아닐까.)

"보영이가 학년 초에는 말이야. 시답잖게 말만 많았는데 말이지. 지금은 완전히 다른 사람이 됐어."

어느 술자리에서 한 교수님이 나를 보며 말했다. 그때 나는 생각했다. '오, 예!' 하지만 자고로 사람은 겸손해야 하는 법.

"아, 아니, 아닙니다. 교수님."

나는 배시시 웃었다. 원색적으로 말하자면, 쓰기는 누군가 내 글을 읽어주었으면 하는 인정 욕구가 크게 동반된다. 오래 걸렸지만, 중학교 때 이후 비로소 인정받은 것 같았다. 기분이 좋았고 계속 썼다.

고등학교에 입학한 이후, 나는 지금까지 뭐든지 한 번에 되지 않았다. 늘 지지부진하고 남들보다 시간이 두 배는 더 필요했다. 한 예로 작가 등단을 들 수 있다. 주변의 친구들은 다들 등단을 했다. 작가로서 활동하는 그들을 보면 조급함이 올라오기도 하지만, 나는 다시 마음을 다잡는다. 나도 될 거라 생각한다. 막연하지만 그렇게 믿는다. 나는 결국 해냈고, 해왔으니까. 느려도 어쨌든 끝까지 마침표는 찍을 수 있을 것이다.

이 말을 하려고 여기까지 왔나 보다. '내 빌어먹을 희귀병도 한 번으론 안 되나 보다.' 한 번에 수술을 끝낼 수 있었지만, 결국 총 두 번의 수술을 했다. 그럼 앞으로 정말 별다른 문제는 없겠지. 잘 될 일만 남았겠지.

가끔 지하철 출구가 막혀 있을 때가 있다. 고장 난 에스컬레이터 앞에 씌어 있는 문구를 읽는다. '통행에 불편을 드려 죄송합니다.' 그럴 수 있다. 그리고 다음 문구를 읽는다. '늦더라도 제대로 고치겠습니다.'

시계를 보고 있으면 빨리 돌려버리고 싶을 때가 있다. 그러나 나는 안다. 빠른 게 중요한 게 아니라는 걸. 나는 조급한 나를 다독인다. 남들보다 조금 느린 나를 알기 때문에, 결국은 잘 될 거란 것도 알기에. '워워. 릴랙스. 릴랙스.'

떨어지는 링거액을 보고 있으면

떨어지는 링거액을 보고 있으면 나약하다는 말을 느끼게 된다. 세 개의 링거에서 동시다발적으로 약이 떨어지고 있다. 약은 빨리 투여돼도 느려도 안 된다. 약은 적당한 타이밍으로 정확히 한 방울씩 내 몸속을 향해 떨어져 온다. 그리고 무엇보다도 중요한 것은 내가 저 링거액보다 높이 있으면 안 된다. 나는 잠자코 누워 있다. 링거액은 나의 의지와는 상관없이 떨어지며 내 안으로 온다.

'병을 이겨내다'라는 말은 능동적인 말이다. 환자의 정신적 힘이나 노력으로 몸이 되살아나는 것을 뜻한다. 여기서 중요한 건 '누가' 병을 이겨내느냐는 것이다. '내가' 병을 이겨내다? 어쩌면 주어로 오는 말을 바꿔야 할 것 같다. '약이' 병을 이기다, 라고 해야 맞지 않나 싶다. 때마다 약을 먹고 반응하는 몸을 느끼면서, 내가 어떻게 하지 못하는 부분에 대해 생각한다. 또 약을 삼킨다. 약 기운이 온몸에 퍼진다. 나는 아무것도 할 수 없는 존재다. 나는 정말 나약하다.

아픈 것도 낫는 것도 내 마음이 아닌 병은 왜 생겨나는 걸까? 병의 원인에 대해 보통은 지나친 음주나 흡연, 안 좋은 식습관, 스트레스 등을 이야기할 수 있다. 하지만 누구는 흡연하지 않아도 폐암에 걸리고 누구는 평생 흡연을 해도 건강히 살기도 한다. 내 몸은 내가 관리하지만 선천적 한계가 있기 마련이다. 그럼 왜 나는 이런 몸을 누구로부터 부여받았고 자라났을까. 나른해진다.

밖은 지금 햇살이 가득하다. 세상에는 어쩌지 못하는 것이 많고, 나는 미약한 나를 본다. 지구 어딘가에서 벌어진 재앙을 가만히 누워 뉴스로 본다. 여러 사람이 죽거나 다쳤다고 한다. 안타깝다. 그러나 솔직히 나는 '안전하다'라는 생각을 한다. 나는 죽지 않았다. 내 가족들은 멀쩡하다. 이런 생각을 하는 나는, 도대체가 글러 먹은 것 같기도 하고, 무참해진다. 어쩔 수 없다. 나는 나약한 인간이다.

덧붙이자면 아프리카의 뼈만 앙상하게 남은 아이들을 보면서 느끼는 감정도 마찬가지다. 나는 텔레비전에서 불우이웃돕기와 같은 장면이 나오면 채널을 바로 돌려버린다. 보고 싶지 않다. 마주하고 싶지 않다. 내 안의 진짜 나를 말이다. 그런 비루한 인간의 감정을 느낄 때마다 마음이 이상해진다. 근데 이게 정말 지극히 자연스러운 감정이지 않나. 이렇게 생각한다면, 내가 이상한 걸까. 인간이기 때문에 어쩔 수 없는 것 투성이다.

심박계의 곡선이 직선을 그을 때

17:01. 할아버지가 돌아가신 시간이다. 몇 년 전 나는 부모님과 함께 할아버지의 임종을 지켰다. 누군가의 죽음을 지켜보는 건 처음이었다. 지금 병실의 벽시계는 할아버지가 죽은 시간을 지나고 있다. 초침이 돌고 있다. 이제 곧 17시 2분이 될 것이다.

할아버지는 요양원 침대에 누워 있었다. 그는 어떠한 움직임도 없이 고요히 최후를 맞이했다. 오히려 부산한 건 부모님이었다. 부모님은 눈물을 흘리며 할아버지에게 안녕을 기원했다. 그러니까 오히려 죽는 사람에게 바랄 게 많은, 마지막

배웅처럼 보였다. 할아버지의 심박계에 물결이 일고 있었다. 부드럽게 곡선을 잇던 심박계가 직선을 그을 때, 나는 할아버지의 손을 꼭 잡았다.

"고생하셨어요."

다른 어떤 말도 할 수 없었다. 숨이 멎은 그의 심장은 몇 분간 여전히 두근거리고 있었다. 아주 천천히 두근거림이 잦아들었다. 나는 핸드폰을 보았고, 의사에게 시간을 보여주었다. 17시 1분. 의사는 사망을 선고했다. 정말 할아버지는 더 이상 이 세계에 머물고 있지 않은 것이다.

할아버지는 어디에 있을까. 누구의 심판을 받을까. 다시 태어나게 될까. 아니면 하늘나라로 가는 중일까. 나는 눈감은 할아버지를 보며, 죽음 이후를 생각했다. 할아버지는 어디선가 나를 지켜보고만 있을 것 같았다. 죽음 이후의 세계를 구체적으로 그려본 건 아니지만, 감각해볼 수는 있을 것만 같았다. 그건 자욱한 안개를 걷어내는 일이 아닐까? 어디로 가는지 나도, 누구도 알 수 없는 걸음. 그 지난한 걸음 속으로, 우리는 천천히 걸어 들어간다. 가는 중이다. 주변을 돌아봤을 땐 역시 안개뿐이다. 끝내 어디로 가야 할지 도통 모르지만, 다만 걸을 뿐이다. 망자는 다시 어디론가 어디로든 걸음을 옮긴다. 그것이 죽음이 아닐까? 안개 속, 그것이 삶과 죽음이 조우하는 가장 자연스러운 방식 아닐까. 정답은 없고 그 누구도 알 수 없기에 의문은 계속 이어진다. 그것이 삶이고 곧 죽음이다.

임종을 지킨 나는 아무 표정 없는 할아버지를 가만 바라보았다. 눈물도 나오지 않는 담담한 죽음을 잠시 목도했다. 할아버지는 평안해 보였고, 기꺼이 죽음을 받아들인 것만 같았다. 내 마음도 오히려 편안해졌다. 만약 그가 고통 속에서 몸부림치면서 혹은 불의의 사고로 죽음을 맞았다면, 내 슬픔의 감정도 일격을 맞은 듯 격하게 차올랐을 것이다. 나는 할아버지의 손을 잡고만 있었다. 담담한 슬픔이라는 건 이런 거구나. 그때 알게 되었다. 하얀 천이 할아버지의 얼굴을 덮었다.

죽음을 생각하면 궁금한 것이 또 있다. 마지막 순간 죽음을 맞이할 때 고인은 숨을 마신 뒤 죽을까, 내쉰 뒤 죽을까. 생명이면 뭐가 됐든 살고자 하는 본능이 있으니, 나는 죽기 전에 숨을 마시지 않을까 생각했다. 필사적으로 숨을 쉬기 위해, 그러니까 마지막까지 살아내기 위해 숨을 마시면서 죽는 게 아닐까 했다. 다시금 생각해보면, 죽음은 숨을 다시 들이마실 힘

마저 소진되는 것이다. 모든 생체 에너지가 소멸되는 순간이 죽음이라면, 숨을 내쉰 뒤 다시 들이마실 힘이 없을 거다.

나는 어떻게 죽게 될까를 그려본다. 내가 앓게 된 병은, 합병증으로 인해 수명이 길지 않다고 한다. 성장이 멈춰야 하는데 멈추지 않으니 내부의 장기들도 계속 커지게 된다. 그럼 갖가지 병에 걸릴 확률이 올라간다고 한다. 이를테면 고혈압, 당뇨, 암 같은 병이다. 뭐, 어떻게 죽든 다만 고통스럽게 죽고 싶지는 않다. 불을 끄고 침대에 누운 채 오늘이 마지막이라고 생각하면, 나는 미련이 많아서 쉽게 잠들지 못하는 날이 많다.

꼬박 2년 넘게 요양원에 누워 있던 할아버지. 뼈만 앙상하게 남은 할아버지가 유독 그리운 날이다. 곁에 누가 있어도 병상에 누워 있으면 쓸쓸해지는 감정을 느끼면서 나는 할아버지를 떠올려본다. 병상에 누워 있던 당신의 시간은 얼마나 길었을까, 또 고독했을까. 시계는 17시 1분을 지난 지 벌써 오래다. 내일도 어김없이 17시는 올 것이고 1분 1분 그렇게 하루가 또 흘러갈 것이다. 나를 지그시 바라보던 할아버지의 멀건 눈동자가 내내 떠오른다.

엄마 마음의 온도는 몇 도일까

몸이 으슬으슬해지고 양팔에 닭살이 돋아나면, 나는 직감했다. 곧 열이 올랐다. 병은 결국 열과의 싸움 같다. 두 번의 수술 이후 나는 계속 열과 사투 중이다. 재수술을 하면서 뇌하수체에 남아 있던 종양도 제거하고 봉합도 잘했는데, 열이라니.

주치의 선생님은 항생제를 오래 맞아서 부작용이 나타나는 것 같다고 했다. 재수술 이후, 세균에 의한 감염이 가장 우려돼서 강한 항생제를 하루에 세 개씩 맞아왔는데 그게 문제인 것이다. 항생제를 하루 한 개만 맞게 되었다. 그는 추이를 지켜보자고 했다. 나는 해열제를 먹고 잠에 들었다.

꿉꿉함에 눈을 뜨니 온몸이 땀에 절어 있다. 침대 시트며 환자복이며 다 젖었는데, 느낄 수 있다. 열이 떨어졌다. 열과의 싸움을 2주 넘게 하고 있는지라, 이제는 체온이 몇 도쯤인지 가늠할 수 있을 정도가 됐다. 간호사가 와서 혈압과 체온을 잰다. 그것을 엄마는 기록한다. 37.4도. 해열제를 먹기 전보다 0.4도 떨어졌다. 엄마는 다행이라고 하면서도 다시 열이 오를까 노심초사한다. 엄마가 나를 보고 있다. 걱정하는 눈빛이 역력하다. 예정대로라면 이미 퇴원했어야 했는데, 까다로운 내 몸 때문에 나보다도 엄마가 더 고생하는 것만 같다.

사람의 몸은 36.5도를 기준으로 너무 높아도 낮아도 안 된다. 계절로 보자면, 사람은 늘 한여름이다. 게다가 매일매일 폭염주의보다. 나는 늘 이렇게 뜨겁게 살아가고 있는데, 얼마나 더 뜨거워져야 한단 말인가.

엄마는 새 침대 시트와 베개 커버와 환자복을 받아 왔다. 엄마는 빳빳하게 침대 시트를 깔아주고 베개 커버를 씌워준다. 뇌수술을 한 터라, 몇 달간은 고개를 숙일 수 없는 나는 화장실 변기에 앉는다. 엄마는 샤워 호스를 들고 물 온도를 조절한다. 온수에 발이 젖는다. 엄마는 내 발을 씻겨준다. 발가락

사이사이를 닦아준다. 간지럽고, 시원하고, 따뜻하다. 나는 그런 엄마를 바라본다.

방금 체온을 쟀을 땐 37.4도였는데, 지금도 그 언저리일까. 엄마의 온기를 느끼고 있는 나는 지금 몇 도일까. 내가 느끼는 이것을 숫자로 표현하라고 한다면 곤란하다. 숫자는 어쩐지 야박한 면이 있다.

그렇다고 엄마의 마음을 느끼고 있는 지금 이 온도가 푹푹 찌는 도심 속 여름 같은 건 아니다. 나무 아래 마루에 누워 보내는 여름이다. 미지근한 바람이 불어온다. 수만의 잎사귀가 흔들린다. 구름 뒤에 있던 해가 들자 햇발이 사위에 너르다. 빛 아래서 나는 은은한 시원함을 느낀다. 엄마의 마음을 느낀다. 그 안에는 원목의 고즈넉함 같은 게 배어 있다. 딱딱하지만 보드랍다. 영영 무너지지 않을 것 같은 견고함도 있다. 엄마 마음의 온도는 몇 도일까. 나는 지금 그런 엄마의 온기를 온전하게 느끼고 있는 것이다.

"아이고야, 시원하다."

셔츠가 다 젖은 엄마는 당신이 발을 씻은 것처럼 말한다. 나는 엄마의 발을 씻겨준 적이 한 번도 없다. 퇴원하게 되면 꼭 엄마의 발을 씻겨주고 싶다. 죽음 앞에서 무릎을 꿇고 울고불고한 때가 엊그제 같은데, 웃고 있는 엄마를 보면서 내 마음은 이토록 벅찰 수가 없다. 삶이라는 건 이래서 끈질길 수밖에 없다. 살아서 서로의 온기를 나눠가는 것. 그것이 삶이고 살아가는 까닭, 내가 살아갈 이유이다.

그럼에도 역시 고맙다는 표현은 목젖 언저리에서 턱, 걸린다. 엄마는 내 이마에 손바닥을 대본다. 고열은 금세 온데간데없다. 발바닥에 묻은 물기가 말라간다. 나는 청량감을 느끼며 눈을 감는다. 한동안 너른 마룻바닥에 누워 있다. 바람이 불어온다.

집에 가기만을 기다리는 시간은 언제나 느리다

출근 전과 퇴근 전은 같지만 다르다. 같은 건 똑같이 초조한 기분이 든다는 거다. 그러나 출근 전의 초조함은 시계 초침이 날카롭게 날을 갈면서 돌고 있다. 시간은 나를 재촉한다. 나는 괜히 걸음이 빨라진다. 까딱하면 지각이다. 뭔가 챙겼어야 하는데, 빼먹고 집을 나온 것 같은데…. 음, 모르겠다. 초침 끝이 나를 겨누고 있다. 일터로 가야 한다. 찜찜하지만 일단 가는 거다. 늦으면 안 되니까.

반면에 퇴근 전의 시계 초침은 늘어져 있다. 일 분 일 분이 더디다. 날카롭던 시계 초침이 다 닳아서 뭉툭하다. 취직을 한 번도 해본 적 없는 나는 출근과 퇴근 경험을 어디서 했느냐 하면, 조교 일을 할 때였다. 물론 직장에서 칼퇴근이라는 건 있을 수 없다는 걸 안다. 친구들 이야기를 종합해보자면 그렇다. 하지만 조교는 철저하게 시간제다. 정확히 9시까지 출근해서 5시에 퇴근한다. 짐을 싸고 의자에 앉아 기다린다. 5시가 되기 5분 전이다. 오로지 5시를 기다리며 나는 괜히 핸드폰 앨범이나 인터넷 뉴스 창을 슥슥 넘겨본다. 59분이 00이 되는 순간 자리에서 일어난다.

"퇴근하겠습니다. 안녕히 계세요."

교직원들에게 인사하며 사무실을 빠져나온다. 퇴근 때의 걸음은 더없이 가볍다. 성큼성큼 집으로 간다. 참 이상하다. 여유롭게 걷는데도 금방 집이다.

수술 전날이 출근 전이었다면, 퇴원 전날은 퇴근 전이다. 학교에서의 졸업, 훈련소에서의 퇴소처럼 그간 얽매여 있던 곳에서의 마지막 날은 기분이 좀 들뜨기 마련이다. 마지막은 늘 새로운 변화를 담고 있으니까 말이다.

퇴원을 하루 앞둔 지금 나는 더디게 흘러가는 벽시계를 본다. 집에 간다 한들 딱히 할 일이 있는 것도 아닌데 빨리 가고 싶다. 기분이 어떠냐고 묻는다면, 가볍다고 말하고 싶다. 정신이 아주 말짱하니 산뜻하다. 몸무게가 10킬로그램 이상 빠지기도 했고, 무엇보다도 항생제를 맞지 않아서인 것 같다. 정신이 맑다.

새삼스레 수술 전날이 생각난다. 온갖 걱정들로 잠 못 이룬 밤이었는데, 살아서 집으로 돌아갈 수 있을지 두려움 가득한 밤을 지새웠는데, 그때는 그랬는데 퇴원이라니. 결국은 살아서 집으로 돌아간다.

잠시 나는 집에 가면 뭘 할지 생각해보다가 그만두었다. 중학교를 졸업한 이후, 13년 만에 이천에서 지내게 된다. 일단 가서 생각해보는 게 좋을 것 같다. 막상 고향에서 생활할 생각을 하니 좀 어색했다.

동생과 제수씨가 저녁거리로 초밥을 사 왔다. 네 식구가 가벼운 마음으로 모여 앉아 저녁밥을 먹었다. 아직도 맛을 느낄 수는 없었지만, 어느 때보다 맛있게 먹는 가족들을 보면서 충분히 그 맛을 음미할 수 있는 저녁이었다.

"돌아오는 겨울에는 여행 한번 가자."

나는 초밥을 먹고 있는 엄마와 동생과 제수씨에게 말했다.

가까운 스키장으로 시작해서 우리의 여행은 어느새 유럽에까지 이르렀다. 면회 시간은 금세 끝나 있었다. 사실 나는 어디에 가든 상관없었다. 가족들과 함께할 수 있다는 것, 여행을 갈 수 있다는 것, 아니, 함께 미래를 나눌 수 있다는 것, 이야기를 나눌 수 있다는 것에 기뻤다. 그저 좋았다.

가족들은 내일 퇴원하는 점심쯤 오기로 했다. 퇴원 전날 밤, 나는 혼자 이불을 덮고 누워 오래 뒤척였다. 물을 한 잔 마시고 누워서, 가고 싶은 곳을 검색해보았다. 지도 앱을 켜서 손가락으로 여행지를 크게 확대해보기도 하고, 전에 가봤던 곳을 다시 검색해보기도 했다. 어느덧 지구 한 바퀴를 다 돈 뒤에 나는 눈을 감았다. 이가 간지러운 느낌이 들었다.

(4부)

새록새록 자라나는 미래

퇴원하는 날

호르몬 및 감염·염증 수치가 정상이라고 했다. 숫자로 표기된 내 몸에 대한 감각은 언제나 익숙지 않지만, 이제 나는 혼자 옷도 갈아입을 수 있었다. 3주 동안 누워 있던 병상도 정리할 수 있었다.

퇴원을 했다. 동생의 차를 타고 이천 고향 집으로 향했다. 역대 최악의 미세먼지로 거리는 방치된 공사장 같았다. 마스크를 쓴 사람들은 분주하게 움직이고 있었다. 누런 안개가 내려앉은 풍경은 세기말적인 분위기였다. 나는 토마토주스를 마시면서 라디오 볼륨을 줄였다. 음소거된 차창 밖을 바라보았다. 분주하다는 말이 떠올랐다. 불과 한 달 전만 해도 나 역시 저 걸음 속에 묻혀 있었을 텐데, 지금 내겐 무슨 말이 어울릴지 생각해보았다. '한가하다', 아닌 것 같다. 차차 컨디션이 좋아지면 나도 저 행렬 속에 있을 것이다. 그러니 '분주해지는 중이다'가 맞지 않을까.

집에 다다르면서, 익숙한 길들이 보였다. 며칠 전만 해도 새벽마다 피를 뽑았다. 고열을 앓으며 죽는 게 더 편할지도 모르겠단 생각을 했다. 그러나 이제 팔뚝은 주삿바늘 자국으로 퍼렇지 않을 거고 먹는 물 양과 소변 양을 확인하지 않아도 된다. 열이 오를까 걱정하면서 체온 측정을 하지 않아도 된다. 동네 편의점이 보였다. 이제 나는 털레털레 슬리퍼 끌고 편의점에 갈 수 있다. 정말 나의 삶으로 돌아온 것이다.

도착한 집은 병원에 가기 전 모습 그대로였다. 동생은 이케아에서 사다놓은 옷장을 조립하기 시작했다. 움직일 때마다 약간의 어지럼증을 느낀 나는 침대에 누워 있었다. 까무룩 잠이 들었다 일어나보니 방에 옷장이 놓여 있었다.

"새꺄, 일어났어?"

목장갑을 낀 동생은 손뼉을 치며, 무엇이든 말만 하라고 했다. 나는 벽에 기대고 앉아 정리해야 할 옷을 말해주었다. 동생은 묵묵히 한 무더기의 옷을 계절별로 다 정리해주었다.

세수하고 양치하면서 세면대 거울에 비친 나를 보았다. 수술하기 전의 모습과 전혀 다른 나의 모습이 있었다. 나는 나인데, 내가 아니었던 나는 이제 어디로 갔을까. 땀이 많았고 늘 배가 출출했던, 하루가 다르게 몸집이 비대해지고 단단해지던, 나 아닌 나 말이다.

그때는 나를 보면서, 내가 맞나? 이게 나이를 먹는다는 건가? 하고 의아해하며 하루가 다르게 변해가는 내 모습을 받아들일 수 없었다. 그래서 나름대로 거금을 들여 피부 관리도 받아보았고, 살을 빼기 위해 운동도 열심히 했다. 그런데도 거울 속의 나는 내가 알던 그 모습이 아니었다.

치약을 뱉어내고 다시 거울을 보았다. 예전의 나와 다시 재회한 것 같았다. 전에는 폭음한 다음 날처럼 늘 얼굴이 퉁퉁 부어 있었는데, 이제는 부기가 다 빠졌다. 눈두덩이에 살이 많아 성형을 해야 하나, 고민했는데 싹 빠졌다. 이게 다 아파서였다니. 10킬로그램이 빠진 내 모습을 빤히 보다가 홀연, 영화

〈올드보이〉의 대사가 떠올랐다.

"누구냐 넌."

도드라진 광대뼈가 보였다. 과연, 지금의 나는 예전에 내가 알던 나로 돌아간 걸까. 나와의 재회라고 표현했지만, 이제는 새로운 '나'를 받아들여야 하는 게 아닌가 싶었다. 나는 치약 거품을 뱉고 물로 여러 번 헹궈냈다.

그러고 보면 병은 나를 세 번 생각하게 만들었다. 과거의 나, 지금의 나, 그리고 앞으로 살아갈 나. 나는 병원에서 손목에 차고 있던 환자 팔찌를 보았다. 다시는 아프고 싶지 않다. 팔찌를 첫 번째 서랍에 넣어두었다. 두고두고 기억하려고 한다. 나의 아픔을.

이 아픔이 없었더라면, 지금의 나는 여전히 나를 돌아보지 못하고 바쁜 일상에 갇혀 허덕이고 있었을 것이다. 나는 이제 시간에 쫓기지 않겠다. 내가 주도적으로 그리고 여유 있게 나를, 그리고 날(day)을 이끌고 갈 것이다. 12월에서 1월로 달력을 넘기며 다짐하는데, 어느 때보다 명랑한 엄마의 목소리가 들려왔다.

"밥 먹자!"

김치찌개와 몇 가지 반찬으로 저녁상이 차려져 있었다. 소박한 식탁이었지만 마음은 푸짐한 한상 차림이었다. 작은 치즈케이크 한가운데에 초를 꽂았다. 서로의 잔에 논-알코올 샴페인을 따라주었고, 건배했다.

"내일 뭐 해?"

샴페인을 원샷한 동생이 물었다. 샴페인을 머금고 나는 잠시 생각했다.

"뭐 할까?"

예정된 어떤 것도 없고, 할 일도 없지만 내일이, 또 그다음 내일이 조금은 더 편안해질 것 같았다. 아직 후각이 회복 중이라 맛을 온전히 느낄 수는 없었지만 샴페인의 달달함이 마음에 감돌았다.

성실한 대출이자 안내문자

낮잠을 자고 일어나면 몇 건의 문자가 와 있다. '한국장학재단-1학기 원금(이자 포함) 납입일이 ○월 ○○일, 농협은행입니다', '한국장학재단-2학기….' 대학원에 다니면서 진 빚이다. 나의 첫 빚이면서, 언제 끝날지 모르는 학자금대출. 학기가 쌓일 때마다 빚은 늘어났고 자동으로 인출되는 금액은 많아졌다.

문자는 수술을 받은 뒤에도, 고열과 두통에 시달릴 때도, 재수술을 받은 뒤에도, 몽롱해 있을 때도 꼬박꼬박 왔다. 잔액 부족으로 인출이 안 돼서 재차 문자가 오기도 했다. '대출납입 연체 중. 확인 후 빠른 정리 바랍니다-한국장학재단'. 병상에 누운 채로 나는 대출금이 빠져나가는 통장에 돈을 채워 넣었다.

'장학'이라 하면 공부 또는 학문을 도와주고 장려하는 것을 뜻한다. 그런데 이쯤 되면 사실 대부업체와 다를 바 없는 것 같다. 아, 물론 양복 입은 건장한 사람들이 찾아와 빚을 독촉하는 그런 일은 없다. 음, 대부업체로 비유했지만 그렇다고 이 제도에 대해서 마냥 부정적인 건 아니다. 낮은 이자율로 공부할 수 있게 도와주는 건 좋다. 물론 향후 몇 년 동안 학자금대출을 받아야 하므로, 그저 좋다고 말하는 건 또 아니다. 취지는 좋다. 정말로. 하, 근데 매달 몇 개의 문자를 반복해서 받을 때마다 나는 막다른 골목으로 내몰리는 듯한 압박감에 시달리지 않을 수 없다. 어떤 때는 정중해도 너무 정중한 독촉 문자에 짜증이 치밀 때도 있다.

대출납입금은 내 통장에 잔고가 채워지기 무섭게 빠져나간다. 마땅한 수입은 없는데 자동이체로 빠져나가는 대출금을 볼 때마다 빨리 다시 뭐라도 해야 할 것만 같다. 이런 때를 위해서 그간 목돈을 좀 모아두기는 했지만 줄어드는 잔액을 보면서 얼마나 버틸 수 있을지 계산하게 된다. 그런 나를 보고 있노라면 괜히 또 대출이자 안내문자가 미워진다.

"청년 지원금 뭐시긴가 있던데, 지원해봐."

동생이 내게 말했을 때, 나는 고개를 가로저었다. 이미 지원 대상이 아니라는 걸 알고 있었다. 행복 주택도 그렇고, 대학원생은 늘 정부의 지원 대상에서 배제된다. '단, 대학원생은 지원 불가'라는 문구를 볼 때마다 헛헛해진다. 대학원에 다닌다고 해서 다 경제적으로 넉넉한 게 아닌데, 왜 나는 늘 제도권 밖에 놓이게 되는 거지? 그냥 취직하라는 소리인가?

취직을 생각하다 보면 형사의 체포 장면이 떠오른다. 가뿐히 나를 제압한 형사는 내게 수갑을 채운다. 나는 아무 잘못도 없는데, 취직이라는 형사에게 체포된 것이다. 족쇄를 차고 꼼짝없이 끌려간다. 그야말로 유전무죄, 무전유죄다.

나도 그렇고 우리들은 죄가 없다. 그냥 뛴 것뿐이다. 마주친 형사가 무서워서 말이다. 왜, 그런 때가 있지 않은가. 운전하다가 저 앞에서 음주 단속하는 경찰을 보았을 때, 반짝이는 붉은색 경광봉을 보았을 때, 술을 마신 것도 아닌데 후후 혼자 입김을 불어보는 때 말이다. 괜히 긴장하게 되는 그런 때 말이다. 나는 아직 취직 앞에서 일단 지레 겁을 먹고 도망치는 중일지도 모른다.

에라 모르겠다. 잠이나 더 자야지. 나는 이불 속에 파묻혀 한동안 뒹굴뒹굴했다. 그러다가 슬그머니 일어나 컴퓨터 앞에 앉았다. 정말 몸만 생각하고 쉬어야지 마음먹었는데, 그새 나는 과외를 알아보았다.

'빚이 있으니, 열심히 살아야 할 이유가 된다. 또 그것이 나를 바삐 움직이게 만든다. 힘들지만 힘내자!'

문자를 보면서 스스로를 위로하기도 했지만, 긍정적인 생각은 오래가지 않았다.

'빚을 다 못 갚으면 어쩌지?'

걱정만 쌓여 갔다. 그만 풀이 죽어서 나는 다시 침대에 누웠다. 진짜 모르겠다. 빚이라는 고리를 끊고, 나는 언제 해방감을 느끼게 될까. 빚만 해도 중형 수입차를 살 만한 돈인데, 이럴 거면 취직을 했어야 하나, 근데 이제 와서 내가 취직을 할 수나 있을까, 어쨌든 빚은 언제 다 갚지?

내가 선택해서 진 빚이지만, 이왕 이렇게 된 거 확! 몇 억쯤 끌어다가 날름 써버리고 싶다. 나이를 먹어가면서 늘어가는 건 빚뿐인 것만 같고, 세상에 빚 없이 사는 사람이 있을까 싶다. 설령 빚이 없다 하더라도 '돈'과 관련된 물질적 불안은 누구나 다 지니고 있을 것이다. 불안, 그건 곧 빚을 품고 지내는 것과 다름없지 않을까.

다음 달에도 문자는 올 것이다. 미리 마음의 준비를 한다고 한들 늘 그런 문자를 받으면 조급해진다. 예언하겠다. 다음 달에도 나는 불안해질 것이다. 그다음 달에도 나는 안절부절, 손톱을 물어뜯을 예정이다.

아낄 수 있는 목록

스마트폰 앱을 켰다. 그간의 지출 내역을 슥슥 넘겨보았다. 서울 생활을 시작한 뒤로 가계부를 쓰기 시작했다. 나가는 돈을 최소화해야 하기 때문이기도 하지만 무엇보다도 내가 어디에 얼마큼 돈을 쓰고 있는지 흐름을 알고 싶어서였다. 그 기록이 벌써 3년을 넘어섰다. 앞으로 아껴야 할 게 뭔지 손에 꼽아 보고 있는데, 전화가 왔다. 시(詩) 스터디에서 같이 합평하면서 알게 된 동생이었다.

"형님! 속초 한번 또 가셔야죠!"

여전히 유쾌한 목소리였다. 우리는 시도 시지만, 종종 같이 피시방에 가서 게임도 하고 술도 진탕 마셨다. 당시에 학부 졸업을 앞둔 그는 취직을 할지 워킹 홀리데이를 떠날지 대학원에 진학할지 고민이 많았다. 나는 학업과 일을 병행하면서 스트레스가 많았다. 우리는 서로의 울적한 마음을 달래기 위해 지난해 여름, 둘이서 속초로 여행을 떠났었다.

차를 빌려 속초의 해안도로를 달리다가 마음에 드는 곳에 숙소를 잡았다. 물회를 먹고, 해변을 걸었다. 볕이 들지 않은 해변은 을씨년스러웠고 바람이 많이 불었다. 간간이 빗방울이 떨어졌다. 우리는 속초 중앙시장으로 향했다. 수산물을 둘러보았다. 횟감을 흥정하는 사장님들을 뒤로하고 닭강정 한 박스와 맥주와 소주를 사서 숙소로 향했다. 이제는 속초 하면 대게가 먼저 떠오르는데, 수산시장에서의 일 때문이다.

그래도 바다 마을에 왔으니 해산물은 먹어야 하지 않을까 싶었다. 그렇다고 회는 먹고 싶지 않았다. 수산시장의 수족관마다 대게가 뒤엉켜 쌓여 있었다. 그러나 우리는 '1킬로그램당 가격'을 듣고는 걸음을 돌릴 수밖에 없었다. 우리의 주머니 사정상 도저히 먹을 수 없는 가격이었다. 이것저것 해서 15만 원에서 넉넉하게 먹으면 20만 원 선이었다. 물론 당시에 나는 일을 하고 있었기에, 무리를 했다면 가능했을 것이다. 아무리 그렇다고 한들 매달 지갑이 두툼하지 못했으므로 차마 먹을 수가 없었다.

숙소에 앉아 닭강정에 소맥을 마셨다. 우리는 대게, 대게 노래를 부르며 알근해져 갔다. 다음에 올 때는 돈을 많이 벌어서 원 없이 대게를 먹자고 서로 다짐했다.

그런데 최근에 취직한 그가 대게를 먹으러 속초에 가자고 하는 것이었다. 하지만 정작 그는 일 때문에 갈 시간이 없었다.

"형님, 근데 아…."

그는 이어서 또라이 같은 직장 상사에 대한 이야기를 털어놓기 시작했다. 그의 말에 맞장구를 치고 있었지만, 한편으로 내 머릿속에는 대게가 가득 차고 있었다. 수족관에 꽉 차 있던 대게. 그것들이 느릿느릿 내 마음을 헤집고 있었다.

'대게….'

서울 생활 내내, 나의 지출에서 가장 큰 비중을 차지하고 있는 건 월세였다. 그리고 장학재단 대출금 이자였다. 차례로 식비, 교통비, 책, 술… 순서였다. 통장 잔액이 마이너스가 된 건 서울에서의 일상을 정리하고 뇌수술을 한 이후부터다. 그때는 돈도 돈이고 내 삶이 바닥의 바닥으로 침잠하고 있었을 때다. 삶이 무엇인지, 죽음은 또 뭔지, 나는 누구인지, 주섬주섬 가슴에 납을 달고 나는 내 마음속으로 잠수해 들어갔다. 삶과 죽음의 깊이를 알 수 없어서, 그 심연 속으로 나는 계속해 내려갔다.

헤드라이트를 켠 나는, 기어코 그 바닥을 딛고 서겠다는 결의에 찬 감정과 글썽이는 슬픔의 감정 사이에서 매일매일 내 마음속을 수색했다. 그러고 보면 나에 대해, 내 삶에 대해서, 그렇게 끈질기게 고뇌해본 적이 없었다. 삶과 죽음 사이에서 어디에도 '나'는 없었지만, 아이러니하게도 그때마다 나는 뚜렷해졌다.

희귀병에 걸리지 않았더라면 지금쯤 나는 대학원에 다니고 있을 것이다. 내 삶에는 아무런 변화가 없었을 것이다. 늘 익숙하게 맞이했던 일상 속에 있었을 것이다. 그렇다고 '누구나 한 번쯤 희귀병에 걸려봐야 한다!', '여러분, 나를 돌아보기에는 희귀병만 한 것도 없어요', 이런 말을 하고자 하는 건 아니다.

나는 나름대로 나에 대해 많이 알고 있다고 생각했다. 희귀병에 걸리기 전까지는 그랬다. 백퍼센트는 아니어도 적어도 나는 능동적이고 주도적으로 내 삶을 이끌어 가고 있다고 생각했다. 근데 아니었다. 실은 내 삶에서 한 번도 나를 제대로 돌아본 적이 없었다.

통장 잔고가 마이너스로 돌아선 그때서야, 나는 분명해졌다. 그리고 인정해야만 했다. 나는 나를 1도 몰랐다. 좀 안다고 생각했던 '나'에 대해서 전혀 모르고 있었다는 것을 시인해야만 했다. 또한 새삼 깨닫게 된 것도 있었다. 삶에서 중요한 것들은 멀리 있지 않았다. 항상 가까이에 있었다.

깊이 잠수하기 위해 가슴에 품었던 납을 풀어헤쳤다. 한결 가벼워진 나는 수면 위로 떠올랐다. 그리고 바라본 세계는 전혀 다른 풍경이었다. 나는 '나'를, 나아가 '가족'과 '친구'들을, 내 곁에 있는 '타인'들을 더 아끼게 되었다.

"힘내고, 우리 조만간 꼭 대게 먹으러 가자."

나는 수화기 너머에서 한숨을 내쉬는 그에게 말했다. 그와 마음 놓고 대게를 먹고 싶었다. 현실적으로 지금도 나는 그에게 대게를 사줄 형편이 되지 못한다. 그러나 속초에서 그간 서로 못 다 나눈 이야기 보따리를 밤새 풀어놓고 싶었다. 허심탄회한 여행을 가고 싶었다.

꼭 대게가 아니라도 함께 대화를 나눌 수 있다면, 서로를 아낄 수 있는 마음이면 충분하다. 우리는 다음을 기약하며 통화를 마쳤다. 가계부를 마저 살펴보다가 말았다. 다른 의미의 아낄 수 있음을 떠올렸다. 내 마음속의 아낄 수 있는 목록에는 그 어떤 비용에 비할 수 없는, 내가 애지중지하는 사람들의 이름으로 가득 차 있었다.

자라나라 자라나

"약 먹을 시간이야."

친구는 자리에서 벌떡 일어났다. 자취하는 친구 집에서 함께 저녁을 먹고 텔레비전을 보고 있는데, 난데없이 핸드폰 알람이 울렸고, 친구는 즉각 반응했다. 그는 칸칸이 나누어진 약통에서 알약 몇 개를 꺼냈다. 그것들을 단숨에 삼켰다.

나는 씨익 웃으며 머리칼을 쓸어 넘겼다. 친구는 그런 나를 보며 앞머리를 올려 보였다.

"보이냐? 머리카락님들이 조금씩 자라고 있어."

친구의 M자형 앞머리 몇 곳에 짧은 머리털이 자라나 있었다. 아기의 머리털처럼 여린 머리카락이었다. 얼마 전부터 탈모약을 먹기 시작한 친구는 머리카락을 소중하게 키우는 식물처럼 다루었다. 거울 앞에서 자라난 머리칼을 조심스레 만져보는 그를 보고 나는 참지 못하고 풉 웃어버렸다. 물을 부으면 푸릇한 잔디가 자라나는 잔디 인형이 생각나서였다.

"야, 무슨 잔디 인형 키우냐?"

나의 농담에도 친구는 흔들리지 않았다. 머리카락'님' 앞에서 친구는 아주 진지했다.

"너는 아직 괜찮은 것 같지? 그러다 훅 가는 거야. 미리 미리 대비해, 짜샤."

그를 보면서 나도 덩달아 거울을 보게 되었다. '아직은 괜찮은 것 같은데…. 괜찮은데, 괜찮지 않은 것 같은 이 느낌은 뭐지?' 탈모는 유전이라는데, 더구나 2대를 건너뛰어서 전해질 가능성이 크다는데. 할아버지의 민머리가 아른거렸다. 괜히 걱정이 들었다. 아니야… 아니야… 되뇌면서 나는 돌아가신 할아버지의 말간 눈망울을 떠올려보았다.

어릴 때 우리 집은 유치원을 했다. 이웃에 사시던 할아버지는 종종 유치원에 왔다. 그때마다 내가 본 할아버지는 큰 빗자루를 들고 마당을 쓸거나 놀이터에 버려진 쓰레기를 주었다. 그리고 원장실에서 나오는 엄마의 난처한 모습도 기억한다.

"아버니임! 괜찮아요. 그냥 두셔요…."

엄마 입장에서는 말릴 만도 하다. 시아버지가 와서 허드렛일을 하고 있으니, 모양이 어째 좀 이상했을 터다. 할아버지는 마지못해 빗자루를 내려놓았다. 그때 나는 할아버지가 왜 그러는지 몰랐다. 그러나 이제는 안다. 적적했던 것이다.

나의 할아버지는 시골 동네에서 작은 슈퍼를 운영했었다. 한데 그 자리에 도로가 난다고 했다. 시로부터 보상금을 받고 슈퍼 일을 그만두게 되었다. 이사를 간 할아버지는 주로 집에만 있었다. 여기서 누구는 이렇게 생각할 수 있겠다.

'보상금이 적지 않을 텐데? 오히려 더 잘 된 거 아닌가?'

내 생각에는 아니다. 할아버지는 일자리는 물론 평생 살아온 터전을 잃었다. 어릴 적에 할아버지 슈퍼에 가면, 할아버지는 돋보기안경을 쓰고 주판으로 계산을 하고 있었다. 툭툭 주판알을 튕길 때마다 나는 나무의 뭉툭한 소리가 참 좋았다. 할아버지 옆에 앉아 주판 소리를 들으며, 단위별로 정리된 돈을 구경했다. 할아버지는 안경을 코에 걸치고 나를 보았다. 노을빛 같던 그의 눈빛을 기억한다.

슈퍼를 접은 뒤에 본 할아버지 모습은 주로 텔레비전을 보고 있는 모습뿐이었다. 생기를 잃은 듯한 느낌이 다분했다.

핸드폰이 다시 울렸다. 친구는 자리에서 벌떡 일어났다.

"또 약 먹냐?"

"아니. 약 바를 시간이야."

친구는 냉장고에서 무언가를 꺼냈다. 작은 로션 통 같은 것을 들고 화장실로 향하는 그의 모습에서 생기를 느낄 수 있었다. 잠시 후 머리에 반질반질한 뭔가를 잔뜩 바른 친구는 나를 보며 웃고 있었다. 다시 거울을 보며 친구는 주문을 외웠다.

"자라나라 자라나."

머리털을 보는 친구의 눈빛엔 기대가 가득했다. 친구에게 삶에서 가장 중요한 게 뭐냐고 묻는다면, 그는 주저 없이 답하리라. 머리카락이라고. 그렇다면 머리카락이 자라날 희망을 품고 있는 친구의 매일은 가능성의 매일이라고 할 수 있을 텐데, 그런 친구 앞에서 약간은 숙연해졌다. 과연 나는 가능성의 매일을 보내고 있는가 자문하면 그렇지 않아서였다.

거창한 목표가 아니더라도 작은 목표를 지표 삼아 움직이다 보면, 새로운 길이 열릴 텐데. 살면서 나는 언젠가부터 좀 소극적인 태도를 갖게 된 것 같다. 사과 안의 씨는 헤아릴 수 있지만, 씨앗 안의 사과는 헤아릴 수 없다지 않던가. 친구의 머리카락처럼 나도 가능성의 씨앗을 품으리라 다짐했다. 그럼 먼저, 집에 가서 방 청소부터 하리라. 혼자 흐뭇해지는 와중에 친구의 핸드폰이 또 울렸다.

"영양제 알람인데 이게 왜 지금 울리지?"

친구와 나는 오메가3와 유산균과 비타민 영양제를 냉큼 삼켰다.

혹시 이 집은 어떠세요?

나는 적어도 내가 하고 싶은 걸 하며 지내왔다. 지금까지도 글을 쓰고 있다는 것이 한 예가 될 것이다. 아무래도 글쓰기가 벌이와는 거리감이 있으므로, 나는 돈 얘기가 나올 때마다 사람들에게 선언하듯 말하곤 했다. "김치찌개를 사 먹을 수 있을 정도만 있으면 된다." 그런데 부동산에 다녀오면서 그 선언에 금이 가기 시작했다. 시작은 초인종이 울리면서부터였다.

엄마가 현관문을 열자, 문 앞에는 주택의 이층에 살고 있는 집주인이 있었다.

"우리 아들이 이번에 결혼을 해요."

그녀는 바람떡이 담긴 접시를 건네며 곧장 본론으로 들어갔다.

"신혼집으로, 여기를 리모델링해서 지내려고 해요. 계약기간 만료일까지 집을 비워줘야 할 것 같아요."

집주인과 엄마는 서로를 쳐다보며 웃었다.

문이 닫히고, 엄마는 식탁에 바람떡을 내려놓고 앉았다. 엄마의 표정은 다 식어 굳어버린 떡 같았다. 또 이사 갈 생각에 나는 초조해졌다. 집이 없다는 것. 그건 어디에도 정착할 수 없다는 것이고, 그건 발목이 없는 기분이랄까. 나는 죽을 때까지 여기저기 둥둥 떠다닐 수밖에 없는 삶인 것만 같고, 그러다 보면 정착할 곳이 없다는 불안보다도 비참함이 맘을 뒤숭숭하게 만든다. 잠시 잊고 있던 유목하는 삶이 떠올랐다.

'이제 어디로 가지?' 나는 바람떡을 잘근잘근 씹으며 앉아 생각했다. '김치찌개만 먹으면 다인가.' 이때까지 나는 한 게 아무것도 없는 것만 같았다. 집 안 곳곳을 훑어보았다. 언제부터 여기에 있던 짐일까. 비닐에 쌓여 있거나 뜯지 않은 박스들을 보면서 괜히 나는 엄마에게 짜증스러운 말을 내뱉었다.

"제발 안 쓰는 짐은 버리자. 제발 좀!"

분명 엄마도 알고 있다. 짐을 줄여야 한다는 것을 말이다. 그러나 알고 있어도 그렇게 하지 못한다. 어렵다. 막상 버리려고 하면, 아깝기도 하고 언젠가는 필요할 것만 같아서다. 또는 옛날부터 간직해 와서 이제는 차마 버릴 수 없는 것들이 많아서다.

나는 방문을 닫고 침대에 누웠다. 천장에는 여러 가지 생각들이 펼쳐졌다.

'그래, 돈을 벌어야만 해.'

'아니, 근데… 글 쓰면서 돈을 벌 수는 없을까.'

내 안의 여러 명의 나는 생각의 각축을 벌였다. 갑론을박을 이어갔다.

' 베스트셀러 작가가 되지 않는 이상은 힘들지.'

'그래 그럼, 글쓰기 말고 돈을 벌어야겠다.'

'근데 어떻게?'

'그건 나도 모르지.'

'그나저나 좀 춥지 않아?'

'….'

"하아…."

나는 한숨을 길게 내쉬었다. 전기장판의 온도를 높였다. 이불을 머리끝까지 뒤집어쓰고 눈을 감았다. 한편으로는 엄마를 탓하는 마음도 들었다. '엄마는 이때까지 뭘 해온 걸까', '엄마는 이런 현실에 대해 미리 준비할 수는 없었을까', '그랬다면 이사에 대한 걱정 없이 지낼 수 있지 않았을까'. 현실을 부정하고 싶을 때면, 탓할 대상을 찾기 마련이다. 그리고 그 탓은 늘 만만한 사람에게로 향한다. 그 사람은 주로 가장 편하고 소중한 누군가이다.

사실 이렇게 된 게 엄마 잘못은 아닌데, 왜 엄마에게 화가 나는 걸까. 엄마를 원망할 일도 아니고 짜증만 부린다고 당장 달라질 건 없는데 말이다. 나는 되레 '그럼 이때까지 나는 뭘 해온 걸까', 스스로를 다시 자각하는 딜레마에 빠졌다. 이사를 다녀야만 하는 현실에 대한 못마땅함. 그걸 또 엄마 탓으로 돌려버리는 나. 그렇다고 아무것도 할 수 없는 나에 대한 실망감이 계속해서 머릿속을 헤집었다. 어김없이 밤은 찾아왔고, 엄마는 저녁밥을 차리기 시작했다. 저녁 설거지는 내가 꼭 해야겠다고 생각했다.

며칠 뒤 엄마와 나는 부동산을 돌아다녔다. 부동산 문을 열고 들어가면 그들은 일단 우리의 행색부터 살핀다. 대놓고 훑는 건 아니지만 어느 부동산을 가도 그런 느낌을 받는다. 그리고 묻는다. 월세인지 전세인지. 전세라고 하면 전세금은 최대 얼마까지 가능한지 묻는다.

"일억 좀 안 되게요."

나는 그들의 시선을 피한 채 말한다. 그들은 알아서 아파트는 제외하고 이야기를 시작한다. 더 정확한 액수를 말하라고 한다. 엄마가 팔천만 원이라고 말한다. 그럼 그들은 고개를 갸우뚱한다. 제약이 많아진다. 중개업자는 말수가 줄어든다. 우리는 연락처를 남기고, 문을 열고 다른 부동산을 찾아간다.

서울에서 혼자 살 때, 집은 내게 단지 거처일 뿐이었다. 안식처라기보다 잠시 머무는 곳, 눈을 붙이는 곳이었다. 집에 대해서는, 물론 금전적인 부분도 무시할 수 없으므로 구석지고 외진 곳에 자취방을 마련했다. 하지만 조금 낡았어도 괜찮았다. 그저 '내 방'이면 충분했다.

그런데 엄마와 함께 집을 알아보면서 나는 현실을 직시했다. 어쩌면 피하고 싶고 외면했던 현실을 마주하면서, 내가 지금 사회에서 어느 정도의 위치에 있는지 여실히 깨달을 수 있었다. 나는 절망했다. 그 모든 것이 '돈'에서 기인한다는 사실에, 부동산 문을 열고 들어가면서 한 번, 문을 박차고 나오면서 두 번, 절망했다.

한 곳에서 조심스럽게 제안한 집을 보러 갔다. 부동산 중개업자와 함께 차를 타고 가는 동안 그는 계속 강조했다.

"좀 낡기는 했는데, 그래도 넓어요."

대로변 한쪽 골목으로 들어갔다. 차에서 내려 그를 따라 넓다는 그 집으로 향했다. 트럭이 많이 지나다녔는데, 그때마다 흙먼지가 일었다. 집은 응달진 곳이었다. 담벼락이 축축하게 젖어 있었다. 갈라진 시멘트 사이로 물이 고여 있었다. 이미 나와 엄마는 걸음을 돌리고 싶었지만 예의상 그럴 수는 없었다. 우리는 빠르게 집 안을 훑어보았다. 집 전체를 햇볕에 꽤 오래 말려야만 할 것 같았다. 더 이상 둘러보지 않았다.

부동산으로 돌아가는 차 안은 조용했다. 우리는 '연락주세요'라고 말한 뒤 부동산을 나왔다. 집으로 돌아가는 길 내내 엄마와 나는 앞만 보고 있었다. 내가 진작 취직을 했다면 좀 나았을까. 나는 그렇다고 해도, 엄마만큼은 좋은 집에서 편히 쉴 수 있으면 좋겠다. 그러기 위해서는 내가 뭘 해야 할까.

지금에 와서 당장 달라질 건 없다. 현실을 바꿀 수 없다면 마음가짐이라도 달리 해야겠다고 생각했다. 그러자 당장 달라질 수 있는 게 의외로 많았다. 일단 엄마에게 좀 더 부드러워지기로 마음먹었다. 나는 옆을 바라보았다. 운전하고 있는 엄마는 내게 저녁으로 먹고 싶은 게 있는지 물어왔다. 우리는 뭘 먹을지 다정한 고민을 하며 집으로 향했다.

이사는 끝났다

집 안에 물건들을 어디에 둬야 할지 고민했다. '언제나 짐은 줄여도 많구나.' 나는 새로운 삶이 시작되었다는 걸 다시금 자각했다. 막 이사를 마친 어수선한 집을 둘러보았다. 장판과 벽지를 새로 하지 못한 채 입주한 전셋집에서는 오래된 집 특유의 구릿한 냄새가 났다. 방바닥은 닦을수록 묵은 때가 묻어 나왔다.

연신 걸레질하는 엄마를 보면서 나는 마음을 가다듬었다. 나중에는 더 좋은 집으로 이사를 가리라고. 그리고 그게 마지막 이사이기를. 나는 재차 다짐하며 창을 활짝 열고 집 안 구석구석을 여러 번 닦아냈다.

이사한 집은 낡은 것을 제외하면 그래도 꽤 만족스러웠다. 어렸을 때 단독주택에서 생활해서 그런지, 나는 아파트보다 단독주택을 더 선호한다. 그건 엄마도 마찬가지였다. 이사 온 집은 엄마와 내가 둘이 살기에 알맞은 단독주택이었다.

"상추랑 깻잎이랑 오이랑…."

작은 마당에는 텃밭을 가꿀 수 있는 공간이 있었다. 엄마는 텃밭에 무엇을 심어야 할지 꼽아보고 있었다. 내가 볼 때는 그냥 방치된 땅처럼 보였는데, 엄마에게는 그 척박한 땅이 설렘으로 다가온 듯 보였다.

나는 가구 배치가 끝난 내 방을 둘러보았다. 제일 먼저 아무렇게나 꽂혀 있는 책들을 정리했다. 사실 그것 말고 정리할 내 짐은 없었는데, 나는 주변을 계속 훑어보았다. 이상했다. 뭔가 빠진 느낌이라고 해야 할까. 잡동사니가 뒤섞인 서랍을 뒤적거렸다. 여권이라든지 도장도 그대로 있었다. 딱히 없어진 건 없었다. 그런데 왜?

공간만 바뀐 거고 내 손길이 묻은 물건들은 그대로인데 뭔가 잃어버린 게 있는 것만 같은 기분. 아마도 이 감정은 이사할 때마다 느껴온 감정일지도 모르겠다고 생각했다. 그동안 신경 써서 들여다보지 않아서 무감각했던 것일 뿐, 이번 이사를 통해서 새삼스레 다시 느끼게 된 감정인 것이다.

아리송하니 텅 빈, 이 감정에 대해 말하자면 '공허하다'라고 하기에도 좀 그렇고 '허무하다'라고 하기에도 무리가 있다. 이 둘이 무슨 차이냐고 묻는다면, '공허'한 것은 대상이 없다. 그러니 떠올릴 누구도 단절할 타인도 없다. 관계성이랄 게 없으므로 감각되는 것이 없다.

'공허'가 붕 떠 있는 느낌이라면, '허무'한 것은 대상과의 혹은 타인과의 단절에서 오는 허전하고 쓸쓸한 감정이다. 세상이라면 좀 거창하고, 대상에게 품었던 기대가 어긋났을 때, 우리의 감정은 바닥을 모르고 한없이 아래로 곤두박질치게 된다. 그때 우리는 떠올린다. '아, 허무하다.'

지금 내 감정을 '공허'라고 단정 짓기엔 뭔가 손아귀에 쥐어지는 게 있다. 그것은 집이라는 공간에서 비롯된 물질성 때문인 것 같다. 그리고 더 좋은 집에 갈 수 없어서 속상하기는 하지만 어쨌든 새로 이사를 했다. 그러니까 새롭게 출발한다는 느낌이 들 수밖에 없다. 누구나 출발선상에 서면, 손에 땀이 나는 산뜻한 긴장감이 있을 것이다. 그러니 지금 나의 기분은 허전하거나 쓸쓸한 감정에서 비롯되는 '허무'라고도 할 수 없다. 그렇다면 '공허'하지도 '허무'하지도 않은 이 감정은 대체 무엇이란 말인가.

말장난을 하자는 게 아니다. 이 기분은 양가적인 것 같다. 이 기분은 새로운 시작에 대한 기대를 품고 있음과 동시에 실체 없는 불안을 야기한다. 기대라면 앞서 얘기했던 것처럼, 이제 막 출발선상에 선 육상 선수의 그것과 같다. 불안이라면 마치 비 내리기 전의 어떤 예감과 비슷하다.

가끔 엄마는 무릎이며 허리를 두드리며 말한다.

"비가 오려는지 온몸이 다 쑤시네."

엄마의 관절에는 예언 능력이 서려 있는 걸까. 엄마의 그것들이 삐거덕거리면 어김없이 며칠 뒤 비가 내린다.

나는 며칠 전부터 비가 내릴 것만 같은 느낌을 예기하는 능력은 없지만, 적어도 비 오기 직전에는 직감적으로 알 수 있다. '곧 비가 올 것 같은데.' 누구나 그럴 것이다. 먹구름이 빠르게 흩어졌다 뭉쳐지길 반복한다든지, 습기를 머금은 바람이 불어온다든지, 거리에 번지는 물비린내 또는 훅 끼쳐 오는 흙내 같은 것. 그리고 얼마 안 돼서 비는 내리기 시작한다.

나는 알 수 없는 기분에 휩싸인 채 멀뚱히 앉아 창밖의 풍경을 바라보았다. 구름이 유유자적하게 흘러가고 있었다.

'아.'

아직 회복 중이지만 몸도 나았겠다, 본격적으로 초조해지기 시작한 것이다. 새로운 시작에 대한 설렘도 그렇지만, 전세 계약은 2년이다. 그 안에 또 뭘 해야만 하고 이뤄야만 한다는 나도 모를 버릇, 나를 옥죄는 습관이 튀어나온 것이다. 그러니까 이것은 이사를 할 때마다 느낀 감정이 아니다. 사실은 매일 매일, 하루가 시작될 때마다 느껴온 감정이었다.

나를 돌아볼 여유가 없었기에 차일피일 돌보기를 미루었던 감정, 방치했던 감정인 것이다. 무엇 하나 제대로 돌아볼 틈 없던 그때, 주변 정리조차 시간 낭비이며 오로지 직진만이 최선이던 그때, 내게 무자비하던 그때가 다시 떠올랐다.

아침에 눈을 뜨면 나는 늘 비가 올 것만 같은 예감에 휩싸였다. 그렇게 우중충한 채로 서둘러 뚝섬 자취방을 나섰다. 나는 비가 오나 눈이 오나 밖으로 나가야만 했다. 그리고 눈비가 오든 안 오든 언제나 우산이라는, 젖지 않고 걸을 수 있는 안전장치를 마음속에 지니고 다녔다.

그건 타인도 마찬가지여서, 우리는 제대로 한번 마주할 수 없었다. 그들도 그렇고 나도 서로의 환희와 슬픔을 들여다볼 수 없었다. 그럴 시간이 없었다는 게 맞는 표현이지 않을까. 그러니 같이 우산을 쓰기는커녕 나란히 걷지 못했다. 우산 속에서 나는 혼자 웃기도 웃었지만 많이 울기도 했다. 언젠가부터는 아예 아무도 나를 보지 못하게 우산 속에 고개를 푹 숙이고 다닌 것 같다. 그렇게 울다가 다음 날이 되면 젖은 우산을 대충 툭툭 털어내고 반듯하게 접은 뒤, 신발을 신고 현관을 나섰다.

지금-현재 몸은 한적한 곳으로 이사했어도, 아직 마음만큼은 이사 중이라는 생각이 들었다. 삶과 죽음을 놓고 봤을 때, 결국 나의 종착지는 죽음이다. 나는 '죽을 뻔'했지만 아무튼 살았다. 그리고 그전과는 전혀 다른 인식의 삶을 맞이했다. 전에는 '삶삶삶'이었다면 지금은 '삶(죽음)삶(죽음)삶(죽음)'이다. 이렇게 나의 삶 곁에는 늘 죽음이 함께하고 있다. 그러다 보면 아등바등 살아갈 필요가 없어진다. 언젠가 죽을 거라는 전제가 있기 때문이다.

나는 너른 햇살이 들어오는 마당에 축축이 젖은 우산을 펼쳐놓았다. 이사는 끝났다. 급할 것 없다. 차근차근 다시 시작하는 일만 남았다. 바람이 불 때마다 마음이 한결 가벼워지고 있었다.

주삿바늘이 몸속에 들어올 때

"따끔."

간호사의 말과 동시에 주삿바늘이 내 몸속에 들어온다. 가는 쇠붙이의 이 이물감은 늘 적응되지 않는다. 퇴원한 뒤 나는 2년에 한 번씩 검사를 받아야 하는데 이번이 첫 검사다. 스스로 느끼기에 그동안 내 몸은 별 이상이 없었다.

플라스틱 시험관에 담긴 내 피가 보인다. 이제 곧 추상적인 나의 감각은 저 피로 말미암아 수치화될 것이며, 그에 따라 나는 완치냐 아니냐를 판가름 받게 될 것이다. 바코드가 찍힌 내 피는 어디론가 사라지고, 병상에 누운 나는 천장을 바라본다.

"어때요? 느낌이 와요?"

간호사는 멍하니 누워 있는 나를 보며 말한다. 몇십 분 동안 축 늘어져 있던 나는 고개를 끄덕인다. 내가 받는 검사는 '인슐린에 의한 저혈당 유발 검사'이다. 일명 '초콜릿 검사'라고 한다. 공복 상태에서 일부러 저혈당을 유도한 뒤 채혈하는 호르몬 검사이다. 혈당이 떨어지자 나는 뭔가에 홀린 듯 노곤해지다가 등에 땀이 쫙 뻗는 느낌이 들었고, 그야말로 흘러내리듯 온몸에 힘이 빠져버렸다.

저혈당 상태에서 다시 피를 뽑은 간호사는 미리 준비해 온 오렌지주스와 초콜릿을 먹으라고 한다. 축 늘어진 내게 간호사는 초콜릿 포장과 주스 뚜껑을 열어준다. 나는 단숨에 주스를 마신다. 새큼달큼한 오렌지주스가 내 목젖을 타고 흐른다. 맥이 풀린 몸은 기다렸다는 듯 샛노란 주스의 생기를 빠르게 빨아들인다.

이어서 초콜릿을 머금는다. 달콤한 맛을 빨리 느끼고 싶은 나는 성급해진다. 들입다 초콜릿을 입 안에 넣고 우걱우걱 먹는다. 물에 젖어가는 휴지처럼 내 몸은 달달함에 물들어가는데, 나는 궁지에 몰린 몸의 본능에 또 한 번 놀라면서 병상에 눕는다.

달콤함과 함께 온몸에 활기가 돌기 시작하면, 간호사는 또 피를 뽑아 간다. 이삼십 분 간격으로 계속 피를 뽑아 간다. 모든 검사 절차가 끝날 때까지는 총 두 시간 넘게 걸리는데, 병상에 누운 나는 주삿바늘이 꽂힌 팔뚝을 바라본다.

순간적인 주삿바늘의 따끔함은 삶과 죽음을 연결하는 기민한 통증이다. 문득, 불안 속에서 처음 병원을 찾았을 때의 긴장감이 감돈다. 이 작은 구멍을 통해 나는 빠져나갔고, 어디론가 흘러간 나는 나를 증명해야 할 것이다. 마음이 뒤숭숭해진다.

마취를 한 것도 떨어지는 링거액이 있는 것도 아닌데, 졸음이 몰려온다. 주사를 보는 나는 어둠 속으로 빨려 들어가고 있다. 한잠 자고 일어나면 될 것이다. 내가 꿈결과 맞닿아 있는 동안 간호사는 때마다 피를 뽑아 갈 것이고 모든 호르몬 검사는 끝나 있을 것이다.

어둠이 내린 극장에 앉은 나는 두 번의 수술과 3주 동안 입원했던 기억들을 바라보고 있다. 죽음이라는 물기 많은 장면들이 머릿속 여기저기를 빠르게 훑고 지나간다. 지난 몇 달 동안 나는, 죽진 않았지만 죽음이라는 간접 경험을 통해 삶이라는 실체를 얼마간 맛보지 않았나 싶다.

어디선가 타자기 소리가 들려온다. 장대비 쏟아지는 소리 같다. 나는 가만히 누워 비를 맞는다. 꿈결에 든다.

"환자분, 환자분."

간호사가 깨우는 소리가 들려온다. 미지근한 잠에서 깨어난 나는 땀에 젖어 있다. 검사가 다 끝났다. 축축해진 몸을 이끌고 나는 병상에서 일어난다. 이제 몇 주 뒤면 내 몸의 호르몬 수치가 적힌 검사 결과를 받아들 것이다.

처음에는 어디가 어딘지 몰라 헤맨 곳인데, 이제는 자연스럽게 병원 복도를 지나 신촌역으로 걸음을 옮긴다. 그러나 언제 와도 병원은 적응하지 못할 것만 같다. 더 이상 날카로운 주삿바늘에 나를 내맡기고 싶지 않다. 아프고 싶지 않다.

엄마의 텃밭

집에 아무도 없다. 창을 열면 제법 후더운 바람이 불어온다. 겨울이 가고 봄이 온 지 엊그제 같은데, 초읽기에 들어간 여름은 어느새 내 곁에 있다. 창밖을 내다보면 엄마는 텃밭에 쪼그리고 앉아 있다. 그녀는 호미를 쥐고 열심히 땅을 솎아낸다. 저 호미는 내가 친구들과 쓸데없는 선물 주고받기를 했을 때 받았던 선물이다. 마치 뒤샹의 '샘'처럼 자취방 한 곳에 잘 전시해두었던 호미인데, 엄마는 그것을 요긴하게 쓰고 있다.

땅속에 씨앗이 심어졌다. 챙이 넓은 선캡을 쓴 엄마는 수건으로 땀을 닦는다. 이번에는 무엇이 자라날까. 엄마는 밥 먹을 때마다 어제 무엇을 심었고, 다음에는 무엇을 심어볼 거라고 말했는데, 사실 나는 크게 신경 쓰지 않았다. 실감 나지 않았기 때문이다. 상추와 깻잎은 물론이거니와 오이, 가지, 토마토 등을 나는 한 번도 내 손으로 수확해본 적이 없다. 그리고 은박 돗자리 크기 정도 되는 텃밭에서 자라봤자 얼마나 자랄까, 대수롭지 않게 생각했다. 몇 주 뒤에도 텃밭은 처음 이사 왔을 때처럼 푸석한 흙덩이들만 남아 있을 거라고 생각했다.

그러나 밥상에 올라온 오이고추를 씹었을 때, 텃밭의 존재를 체감했다. '이게 정말 엄마가 수확한 거라고?' 나는 의심스러웠다. 엄마는 내 표정을 살피고 있었다. 씹을 때마다 아삭한 오이고추의 청량감이 입 안 가득 번졌다. 동시에 나는 무슨 꿍꿍이를 하는 것처럼 오래 텃밭에 앉아 있던 엄마가 떠올랐다. 돈을 주고 사 먹었을 때와는 전혀 다른 맛을 느낄 수 있었다. 천천히 엄마의 수고로움을 음미하며 나는 깻잎이며 상추를 밥에 싸서 먹었다. 부드러운 가지볶음을 먹었다. 맛있었다. 엄마는 잘 먹는 나를 보며 함빡 웃고 있었다.

영화에서나 보던(〈리틀 포레스트〉, 2018년) 장면을 엄마에게서 볼 때면, 실감이 나지 않는다. 이를테면 수확한 채소를 갖고 뭔가를 만드는 모습에서 그렇다. 영화 속 장면과 아주 똑같은 건 아니지만 한 땀 한 땀 깻잎을 따서 절임을 만든다거나, '술도 안 마시는 엄마가 웬 소주?'라고 생각했는데 큰 통에 소주를 들이붓고 오이절임을 만드는 모습을 볼 때, 나는 더없이 신기하다. 그리고 며칠 뒤 절인 오이로 엄마는 간간한 오이무침을 뚝딱 만들어낸다. 평소에는 쳐다보지도 않던 오이무침인데, 나는 그것을 먹게 된다. 참 이상하게도 맛있다.

토마토에 진물이 났다며 속상해하는 엄마는 토마토가 잘 자랄 수 있게 손을 뻗어 여기저기 노끈을 연결해놓는다. 바람길이라고 해야 할까. 토마토는 엄마의 손길을 타고 다시 무럭무럭 자라날 것이다.

텃밭을 처음 봤을 때는 메마른 땅이었는데, 이제 그곳에는 푸릇함이 가득하다. 무성하게 자란 식물들의 뒤엉킴을 보고 있노라면, 나는 무엇이든 가능한 세계를 엿보고 있는 것만 같다. 엄마의 텃밭은 하나의 열린 금고처럼 느껴진다.

뭐든 사 먹으면 되지 생각했던 나는 절대 돈으로 살 수 없는 걸 매일 먹고 있다. 엄마의 텃밭에는 무엇이든 있고, 무엇이든 할 수 있는 에너지가 깃들어 있다. 나는 그것을 먹는다. 식탁에 앉은 나는 경건해지고 조금씩 건강해지고 있다.

해가 길어진 저물녘이면 엄마는 호스를 들고 텃밭에 물을 뿌린다. 사위가 어둑해지고 있다. 엄마에게는 매일매일이 결실이다. 어둠 속에서 내일은 또 자라날 것이고, 엄마는 텃밭에서 그것을 따서 내게 줄 것이다. 나는 내일 또 자라날 것이다.

도란도란 미래 여행

미래는 언젠가 올 것이다. 근데 언제? 내 꿈인 베스트셀러 작가가 되는 순간? 아니면, 로또에 당첨되는 순간? 내가 말하는 미래란 '이상적인 것'을 의미한다. 미래에 관해서라면 친구들에게 자주 듣는 말이 있는데, 가히 개탄에 가깝다. "하, 미래가 없어…." 이런 말을 들을 때마다 나도 부정할 수 없어서, 친구의 어깨를 토닥일 뿐이다. 내게 미래는 꿈꾸는 것에 가까웠는데 그것은 절대 오지 않을 유토피아와 비슷한 것이었다.

그런데 올여름 가족과 함께 휴가를 떠났을 때, 나는 그 미래를 마주하게 되었고, 내게는 없는 줄로만 알았던 미래를 새삼 깨닫게 되었다. 유토피아와 같은 이상만이 미래가 아니라는 걸 느끼면서, 미래에 대해 다시 생각하게 된 것이다.

몇 년 전 추석 무렵, 단출한 우리 가족은 강원도로 여행을 갔다. 홍천에서 화로구이를 먹고 양양 낙산사를 둘러보고 속초 중앙시장을 구경하고 인제 자작나무 숲을 산책하는 여행 코스였다. 그때는 내가 아직 병에 걸렸다는 걸 알기 전이었다. 이미 다 한 번씩은 가본 곳이라 낯익은 풍경 속의 그 여행은 그리 큰 감흥을 주지 못했다. 가족들과 시간을 보낸다는 것이 익숙했으므로, 마치 한 땀 한 땀 자수를 놓는 것처럼 신중하고 귀중하지만은 않았다는 뜻이다.

이번 여름휴가로 속초를 다시 찾았을 때까지만 해도 마찬가지였다. '속초에 또 왔구나.' 톨게이트를 빠져나가면서 든 생각이었다. 여행은 일 년에 한 번쯤 가는 것이었고 게다가 으레 가족과 다녔기에 별다른 생각이 없었다. 더구나 몇 번이나 왔던 곳이었다.

속초 중앙시장은 여전했다. 인파로 북적거렸다. 미지근한 바람이 빠져나올 길을 찾느라 여기저기를 헤매고 있었다. 엄마는 작년에 샀던 마약 강정을 두 손 가득 샀고, 나와 엄마가 시장 구석구석을 둘러보는 동안, 동생과 제수씨는 먹기 좋게 손질된 대게를 포장해 왔다.

"속초에 왔으면 대게 정도는 또 먹어줘야지? 안 그래?"

동생이 방정맞은 걸음을 옮기며 말했을 때, 웃는 가족들의 표정에는 물장구칠 때의 환희와 같은 경쾌함이 있었다. 그리고 나는 그 순간, 추억의 낱장 낱장이 몰려오는 것을 느꼈다. 속초에는 헤어진 애인과도, 아는 동생과도, 친구들과도 왔었고, 가족들과도 왔었다. 그만큼 친숙한 곳이 속초다. 가족들의 웃음 속에서 그 기억들은 핸드폰 앨범을 빠르게 넘기는 것처럼 펼쳐졌는데, 전혀 생각지 못한 순간에 나는 추억으로부터 미래를 감각하게 되었다.

'응?'

미래를 감각한 게 아니라 과거를 떠올리게 된 거 아닌가? 미래라는 것은 시간으로 따지면 내가 모르는 앞선 것인데, 이를테면 나는 지금부터 한 시간 뒤에 어떤 일이 벌어질지 모르고, 따라서 그것은 일말의 가능성과 다양한 불가능성이 혼종된 어떤 것이 아닌가. 그래서 누구에게나 미래는 어둡고 까마득한 게 아닌가.

그러나 그 웃음의 순간, 분명 나는 과거가 아닌 미래의 감각을 인지했다. 그게 왜 미래인지는 나도 모르겠어서 숙소에 도착해서도 속초에서의 기억들을 계속 떠올려보았다. 그러다 그 일은 금세 잊은 채 식탁에 앉았고, 포장해 온 대게를 접시에 옮겼고, 동생이 사 온 하이볼과 잔을 세팅했다. 곧장 가족들과 대게를 먹었고, 도란도란 이야기를 나누며 술잔을 기울였다. 그리고 또 한 번 웃음꽃이 폈을 때, 나는 다시 미래가 떠올랐고, 확신을 갖게 되었다. 중앙시장에서 내가 느낀 것이 과거가 아니라 미래였다는 것을 말이다.

작년 가을의 강원도 여행 이후 나는 이렇다 할 여행을 가지 않았다. 아니 못 갔다. 겨울에 뇌수술을 받았고, 죽음을 생각하는 동안 봄이 왔고, 어찌어찌 퇴원을 했다. 우여곡절 끝에 이사를 했고, 새로운 삶이 시작되었음을 받아들이면서 여름이 왔음을 느꼈다. 그리고 엄마의 텃밭을 보면서 다시 자라날 수 있다는 가능성을 엿보았다.

"이제 몸은 괜찮은 거죠?"

제수씨가 하이볼을 흡입하다시피 하는 나를 보며 물었다.

"그럼요. 거참 오랜만에 알코올이 쭉쭉 흡수되는데요?"

술의 나른함 속에서 나는 지난겨울 병상에 누워 있던 나로 돌아갔다. 두 번의 수술에도 불구하고 내가 만일 죽었더라면, 나는 볼 수 없었을 것이다. 대게를 들고 신난 동생을, 그리고 가족들의 웃음소리를 들을 수 없었을 것이다. 또 가족들과 함께 먹는 대게의 맛을 느낄 수 없었을 것이다. 그때의 '나'로 돌아가 보자면, 속초에서의 대게 파티는 깜깜한 미래의 일일 것이다. 그때의 '내'가 죽었더라면, 중앙시장을 둘러보게 될 일은 앞으로 절대 없었을 것이다.

그 겨울 병중의 일들은, 물리적인 시간상으로는 과거의 일일지 몰라도 내게는 그렇지 않다. 죽음이 다가온 그때의 순간순간들은 내게 매일의 일이며, 그 생생한 죽음은 늘 나와 함께하고 있다. 죽음은 가족보다 더 내 가까이에 인접해 있다. 죽음의 미래를 맞이할 거라 떠올려보면 혼혼해진다. 아찔하다.

나는 늘 죽음을 만난다. 그러니까 삶의 시간이 흐르기 때문에 죽음이 오는 것이 아니라 죽음이 오기 때문에 삶이 다가오는 것이다. 인접한 죽음은 내게 미래를 기약하게 하고, 나는 미래를 맞이하기 위해 최선을 다해 살아가지 않으면 안 된다. 내가 중앙시장에서 그리고 가족들과 대게를 먹으면서 느낀 것은 단순한 과거형이 아닌 것이다. 그것은 늘 미래형인데, 더 이상 내게 미래는 이상향이 아니며, 내가 살아 숨 쉬는, 소중한 사람들과 함께하는, 바로 이 순간이다. 나는 살아서 내년에도 내후년에도 가족들과 속초에 오고 싶다. 매년 이곳에 와서 거창하지 않아도 따뜻한 밥을 다 같이 먹고 싶다.

"아! 배부르다."

나는 배를 쓰다듬었다.

"다음에는 어디 갈까?"

기분이 한없이 부풀어 오른 동생이 내게 잔을 들어 보이며 말했다. 길어진 해 질 녘 붉은 노을의 미래 속에서 천천히 술잔을 기울이면서 대화를 나누었고 또 우리는 부산이며 경주며 군산이며 보성이며 가고 싶은 곳을 얘기하며 새로운 미래를 나누었는데 그사이 날은 다 어두워졌고 언제 오나 했던 미래는 이미 와 있었다.

에필로그

오늘, 문득 살아 있다는 것에 대하여

아파서 병원에 갈 때, 어떤 심정이신가요? 저는 조마조마합니다. 그리고 다른 때보다 더, 저를 돌아보게 됩니다. 아픈 것에 대해서라면 정신적인 것도 있지만, 제가 말하는 건 '몸'에 대해서입니다. 그간의 식습관은 어땠는지 운동은 얼마나 했는지 등등을 생각하다 보면, 맙소사! 그동안 내 몸을 너무 방치해온 것 같고 몸에게 미안해집니다. 사놓은 영양제를 앞으로 꼭꼭 잘 챙겨 먹겠다고 다짐합니다.

병원에 가는 날은 외출 준비에 좀 더 신경 쓰게 됩니다. 그동안 몸에 제대로 신경 쓰지 못한 것을 생각하면, 용모라도 단정히 해야겠다는 마음이 들어서입니다. 겉치레는 껍데기에 불과하다고들 하지만, 복장이나 꾸미기에 따라서 한편으로는 저의 마음가짐이나 태도를 드러낼 수 있습니다. 몸에게 미안한 마음을 외적으로 되새기며 나름대로 다른 날보다 옷을 말끔하게 입고, 집을 나섭니다.

2호선 신촌역에서 내리자 퍼붓던 비는 잠깐 멎어 있습니다. 하늘에는 먹구름이 잔뜩 껴 있습니다. 병원으로 향하는 동안, 그날의 일을 떠올려봅니다. 제 희귀병에 대해 처음 검사를 하러 병원에 갔던 때가 벌써 2년 전입니다. 그날도 비가 내렸고, 사람들의 걸음은 오늘처럼 어딘지 축 처져 있었습니다. 그 와중에 활기를 띤 곳이 있었는데요, 병원입니다.

"정보영 님, 경구당부하 검사하러 오셨죠? 생년월일이 어떻게 되시죠?"

저는 생년월일을 말하며, 채혈대에 팔을 올립니다. 마지막 계단을 알지 못했을 때, 처음 검사했던 그때와 같은 검사가 시작됩니다. 간호사는 주삿바늘을 들었고 저는 고개를 돌립니다. 바늘은 제 오른팔의 피부를 뚫고 들어옵니다. 불에 달구

어진 아주 얇은 철사에 찔린 것 같습니다. 빼꼼, 오른팔을 봅니다. 작은 시험관에 붉은색 피가 담기고 있습니다. 제 피지만 볼 때마다 낯섭니다. '피'가 가진 공포의 이미지 때문일까요. 피, 그것은 아마 제 자신도 모르는 제 것이기 때문에 더 생소할 겁니다. 되도록 보고 싶지 않은 저 피는, 세밀하게 분석되어 제 몸 상태를 말해줄 것입니다.

이어서 저는 설탕물을 한 컵 마십니다. 저번에 했던 혈액 검사가 저혈당을 유도해서 호르몬 수치를 체크하는 거라면, 이번 검사는 고혈당을 유도해서 호르몬 수치를 체크하는 것입니다. 이제 삼십 분 간격으로 총 네 번을 채혈하게 될 것입니다.

알코올 솜으로 팔뚝을 꾹 누릅니다. 채혈실을 나와 의자에 앉습니다. 잠시 멍때리고 앉아 있다가 생각합니다. '이제 뭐하지?' 삼십 분마다 피를 뽑아야 하기에, 달리 할 수 있는 건 없습니다. 복도에 가만히 앉아서 지나가는 사람들을 봅니다. 노인과 여자가 보입니다. 모습으로 보아 딸이 노모를 모시고 온 것 같습니다. 노인의 인상은 느릿한 걸음만큼이나 부드럽습니다. 애써 담담한 것인지도 모르겠습니다. 반면 여자의 표정은 심각합니다. 울 것도 같고 버럭 화를 낼 것만도 같습니다.

또 누구는 피를 뽑은 뒤에 무덤덤하게 채혈실을 나섭니다. 또 어떤 중년 남자는 번호표를 뽑고 앉아 있습니다. 긴급 재난 방송을 보는 듯, 모니터의 숫자를 봅니다. 걱정스레 자신의 차례를 기다리고 있습니다. 또 어떤 여자는 한쪽 팔을 알코올 솜으로 누른 채 채혈실을 나오고 있습니다. 주삿바늘의 짧은 고통이 얼굴에 남아 있습니다. 채혈실을 오가는 사람들의 표정은 대체로 무겁고, 날이 서 있습니다.

금세 삼십 분이 지나고 채혈을 합니다. 팔을 올립니다. 간호사가 주삿바늘을 꽂을 부위에 알코올 솜을 문지릅니다. 팔이 잠깐 시원해집니다. 주삿바늘이 혈관에 꽂힙니다. 주삿바늘의 이물감은 언제나 순간적으로 날선 불쾌감을 동반합니다. 갑자기 궁금해집니다. 태어나 지금까지 저는 몇 번이나 주사를 맞았을까요? 다시 붉은색 피가 보입니다. 주삿바늘과는 평생 불편한 관계를 이어갈 것 같습니다. 또 시간이 흐르고, 다시 피를 뽑습니다. 그렇게 한 번 더 뽑습니다.

이제 몇 시간 뒤에 검사 결과가 나올 것입니다. 괜히 긴장됩니다. 2년 전, 죽음에 다가섰던 제가 또렷이 떠오릅니다. 뇌수술을 했을 땐 건조한 겨울이었는데, 그때 제 마음은 장마철 날씨와 같았습니다. 매일이 억수였습니다. 오늘 아침의 마음가짐을 되새깁니다.

'몸 관리해야지.'

근데 또 한편으로는 정기적으로 병원에 오는 것도 나쁘지 않다는 생각이 듭니다. 병원에 오는 것이 그리 달가운 일은 아닙니다만 그래서 아주 확실하게 느끼게 되니까요. 살아 있음을요. 살고 싶음을요. 살아갈 것임을요.

네, 물론 병원에 오지 않아도 삶은 어디서든 느낄 수 있습니다. 그렇지만 병원이라는 공간에서 느껴지는 삶은 조금 다른 것 같습니다. 피를 뽑고 엑스레이를 찍고 CT나 MRI를 촬영하고 내시경 촬영을 하고… 그것들은 전적으로 내가 모르는 나를 마주하는 순간입니다. 예컨대 MRI라면 이런 생각이 듭니다. '화면에 보이는 희끄무레한 저 모양이 나라고?' 엑스레이도 마찬가집니다. '인체의 신비전-Feat. 나'입니다. 나를 새로이 체감하는 이런 경험은 나를 객관화하여 돌아보게 합니다. 이처럼 병원에서의 '나'는 볼 수 없는 나를 객관적으로 수치화하여 볼 수 있는 곳입니다. 하다못해 감기든 뭐든 잔병에 걸려 병원에 가게 되면 집에 있을 때와는 다르게 미묘한 느낌에 사로잡힙니다.

"스트레스가 원인이군요. 면역력을 높여야 합니다. 규칙적인 생활을 하고 제때에 식사하시고, 잠을 충분히 주무시고 적당히 운동하십시오."

(이미 익히 알고 있으며, 당연하다면 당연할 수 있는…) 의사의 진찰을 받으며, 크게는 삶과 죽음을 작게는 생활을 가늠해보게 됩니다. 이는 분절되어 있던 나의 '과거'와 '현재' 그리고 '미래'를 하나의 고리로 연결해볼 수 있는 순간인 것입니다. 평소에는 일에 치여서 건강을 되새겨 생각해볼 겨를이 없었으니까요. 하루를 견뎌내는 데 급급하지, 매일매일 건강하고 슬기로운 생활을 해야겠다는 생각을 달고 살지는 않으니까요.

그러니까 병원은 저에 대해 새로운 관점으로 생각하게 하고 돌아보게 합니다. '병원' 하고 발음함과 동시에 냉기가 느껴집니다. 마취한 입 안처럼 얼얼하고 어딘지 아릿한 통증이 마음에서 감지되고, 그 안에서 삶이 무엇인지 사유하게 됩니다. 아이러니합니다. 병원은 죽음을 자각하게 하는 동시에 삶에 대한 애착을 갖게 합니다. 그래서 병원은 드라이아이스 같습니다. 죽음은 냉정하게 현실을 알게 하는 차가움이고, 그 속에는 삶의 뜨거움이 내재돼 있으니까요. 이런 측면에서 병원은 어느 곳보다도 특수성을 가진 곳입니다.

별별 잡념 속에서 점심을 먹고, 카페에 앉아 생각을 정리하다 보니, 벌써 오후입니다. 결과를 듣기 위해 신경외과 진료실 앞에 앉아 있습니다. 간호사가 제 이름을 부릅니다. 바지춤에 손바닥을 한 번 쓸어 닦고는 진료실로 들어갑니다. 주치의는 반갑게 저를 맞이해줍니다. 긴장이 조금 누그러집니다. 주치의는 컴퓨터 모니터를 제 쪽으로 돌립니다. 검사 결과를 세세히 말해줍니다.

"저번 검사도 그렇고 결과가 좋네요. 호르몬 수치가 정상입니다."

저는 주치의와 모니터의 숫자를 번갈아 보며 고개를 끄덕입니다. 모니터에는 온갖 영어와 숫자들이 보입니다. 사실 봐도 모르지만 안심이 됩니다. 호르몬 수치가 정상 범위 안에 들어와 있다는 말 때문입니다. 수치를 확인합니다. 0에서 1 안에 포함되어야 정상입니다. 저는 0.879인가, 네, 그렇습니다. 정상입니다. 정상과 비정상을 나눈다는 게 폭력적인 것을 알지만, 이번만큼은 정상이라는 소리가 무척 기쁩니다.

그러나 한편으로는 좋은 건지 뭔지 혼란스럽기도 합니다. 수치는 건강한 범위 안에 들었지만, 제 병은 주기적으로 확인해야 합니다. 남들보다 더 예민하게 건강에 예의주시해야 한다는 뜻입니다. 일 년 뒤에 MRI를 찍기로 했습니다.

병원을 나왔습니다. 다행히 비는 내리지 않습니다. 숨을 크게 한 번 들이마십니다. 먹구름 사이로 푸른 하늘이 잠깐 보입니다. 길게 숨을 내뱉습니다. 살아 있음을 느낍니다.

물기를 머금은 바람이 불어옵니다. 살아 있음을 맡습니다.

오른쪽 팔을 봅니다. 다섯 개의 주삿바늘 자국이 보입니다. 손바닥을 펼쳐 손가락을 움직여봅니다. 살아 있음을 봅니다. 오늘이 무사히 지나고 있습니다.

오늘은 먹고 싶은 걸 먹을 참입니다. 저는 떡볶이를 참 좋아합니다.

서른이면 뭐라도 될 줄 알았지

초판 1쇄 발행 2022년 4월 20일

지은이 정보영

펴낸이 김철식

펴낸곳 모요사

출판등록 2009년 3월 11일
(제410-2008-000077호)

주소 10209 경기도 고양시 일산서구
가좌3로 45, 203동 1801호

전화 031 915 6777

팩스 031 5171 3011

이메일 mojosa7@gmail.com

ISBN 978-89-97066-72-8 03810